CONTENTS

盗まれて

中公文庫

盗まれて

今邑　彩

中央公論新社

ひとひらの殺意　CALL IN SPRING

1

四月の日曜日、髪に桜の花びらをつけたまま、羽田香子《はだきょうこ》は俯《うつむ》きかげんで、そのマンションのガラス扉を開けた。

薄汚れたロビーの床には、踏みつけられた広告チラシやら、風に吹き寄せられた白い桜の花びらが散っていた。

香子は、メールボックスで駒井茂生《こまいしげお》の部屋を確認した。二〇二号室。間違いない。

突き当たりのエレベーターの所まで歩いて行くと、エレベーターの扉が開いて、中から黄色いサングラスをかけた若い男が出て来た。キーホルダーの輪に指を入れて振り回していた。男は香子を見ると、驚いたような顔で指の動きを止めた。

擦れ違うときも、無遠慮にじろじろと香子を見るのをやめなかった。

あたし、よっぽど田舎者に見えるんだわ。

香子は耳のつけ根まで赤くして唇を噛《か》んだ。

着古してテカテカ光っている紺色のレインコートに白いソックス。まるで田舎の高校生そのままじゃないの。

香子は、こんな野暮ったい恰好で秋田からノコノコ出て来た自分に舌打ちをしたい気分だった。

慌ててエレベーターに乗り込み、開閉ボタンを押す。都会人たちのもの珍しげな視線にさらされて、神経がささくれだっていた。密閉された箱に入ると、天井を見上げてほっと息をついた。

エレベーターは二階で止まった。香子は二〇二号室の前まで行くとインターホンを鳴らした。「はーい」とすぐに声がして、もつれた長髪をした三十四、五の男がドアを開けた。

ネイビーブルーのトレーナーを着た駒井茂生は、去年会ったときよりも頬がこけ、いっそう痩せたように見える。

髪には、去年は一筋も見られなかった若白髪が目立つ。そのせいか、十も老けたような気がした。

「やあ、久し振りだね。迷わなかった?」

駒井は目尻に皺《しわ》を寄せ、白い歯を見せた。やや気難しげな陰気な顔が、笑うと別人のように優しい表情になった。

「その節はお世話になりました」

香子はペコンと頭を下げた。

「驚いたよ。昨日、突然、電話を貰ったときは」

「ごめんなさい。お忙しいのに勝手に押しかけたりして」

「そんなことない。大歓迎さ。さ、立ち話もなんだから、中に入って」

駒井はドアを大きく開けて香子を入れた。

「わあ。男の人の一人暮らしにしては片づいてるんですね」

十畳ほどのワンルームは、商売がら書籍や雑誌の山で大半のスペースが埋まっていた。

駒井茂生は、新宿にある中堅どころの出版社に勤めている。

「片づいてる、じゃなくて、片づけたんだ。香子ちゃんが来るっていうから、大慌てでさ」

駒井は、インスタントコーヒーの瓶《びん》を手にしたまま苦笑した。

「ごめんなさい」

「いいんだよ。来客でもない限り、休みでも掃除なんてしないんだから」

「奥さん、早く貰えばいいのに」

「高校卒業したんだろう?」

駒井は、二つのコーヒーカップにスプーンを使わずに、コーヒーの瓶を横着に振って中の黒い粉を入れ分けた。

「ええ、なんとか無事に」

「今、どうしてるの？」

「伯父のところで手伝ってます」

「秋田で土産《みやげ》もの売ってるんだったっけ？」

「ええ」

「香子ちゃんが店に出ると客が増えるだろ。鼻の下、伸ばした男の客がさ。秋田美人の典型だから」

「まさか」

香子の抜けるように白い頬が朱にそまった。駒井の言葉はお世辞ではなかった。

ここへ来るまでに通りがかりの男たちにじろじろ見られたのは、香子自身は、華やかな街並みに似合わない田舎者じみた服装のせいだと思い込んでいたが、そうではない。もぎたての林檎のような顔色をした少女の美しさに、街行く人々の目が奪われただけだった。

「でも、もったいないね。成績、良かったんだろう？　せめて短大にでも進めばよかったのに」

「これ以上、伯父さんちに迷惑かけられないから」

香子は、駒井の差し出したコーヒーカップを両手で受け取って俯いた。伏せた長い睫《まつ》毛《げ》が、頬に濃い影を落とす。

両親は香子がまだものごころもつかないうちにあいついで亡くなった。兄の拓也《たくや》と二人、父方の伯父の家で育てられたのだ。

「東京へは何か用で？」

駒井が尋ねた。

「東京の大学へ入った友人の下宿に遊びに来たんです。今夜はそこに泊めてもらって、明日帰るつもりです」

「だけど、香子ちゃんに来てもらってよかったよ。実はこちらから送ろうと思ってたものがあるんだ」

駒井はそう言って、飲みかけたコーヒーカップを置くと、アコーディオンカーテンに仕切られた奥に行って、ごそごそやっていたが、あるものを手にして戻ってきた。

「これ。昨日、やっと見本が出来て来たんだ」

駒井に手渡されたものは、香子の手にずしりと重かった。

四六判のハードカバーで、闇色の地に一面の白い桜吹雪の絵。タイトルは『夜桜心中』。作者名は「羽田拓也」とある。

頁数にして四百頁足らずの本は、物理的にはたいした重さではなかった。ささやかな重さと言っていいだろう。しかし、出来てみればたったこれだけの重さのものに兄が注いだ情念の深さが、香子にはやりきれないほど重かったのだ。

「本になったんですか」

香子は兄の本を手にしたまま、大きな目を見張った。

「なんとか拓也の一周忌に間に合った。香子ちゃんの卒業祝いにもなる」

駒井の声はかすかに震えていた。

「でも、あれは完成してなかったんでしょう？　一番肝心なラストの場面が抜けていたって……」

「そうなんだ。一番の山場、『夜桜心中』というタイトルが生きる、その肝心のラストが書かれていなかった。ラストを書き上げる前にあんなことになってしまったからね。未完のままでは賞に応募することも本にすることもできない。一度はぼくもあきらめかけたんだが、さりとて、このまま埋もれさせてしまうのはあまりにも惜しい。それで編集長とも相談して、拓也が書こうとしていたラストの心中場面はぼくが書き足したんだよ」

「駒井さんが？」

「さいわい、ラストをどうするか、拓也が話してくれていたんでね。というよりも、この小説のラストのイメージは、いつだったか拓也がこの部屋に遊びに来て雑談をしていたときに浮かんだものなんだ。そのラストを書きたい一心で、彼はこの小説を書き始めたんだよ。だから、あとは彼の文体を真似てなんとか書き足せばよかった」

「それじゃ、この本は駒井さんとの合作なんですね」

香子はもう一度本の重さを掌で確かめた。そこにはわずかに別の重さが加わったような気がした。

「うん、まあね。拓也としては一番書きたかった所を他人に書かれて、さぞ草葉の陰で悔しがっているかもしれないが、これしか方法がなかったんだよ。未完のまま本にするわけにはいかなかったから」

駒井茂生は面映《おもは》ゆいとでもいうような複雑な顔をした。

「そんなことないわ。兄はきっと喜んでいます。駒井さんのことは誰よりも信頼していたから。その駒井さんが手を加えたなら」

「秋田へ帰ったら、これを拓也の墓前に供えて欲しい」

「はい、そうします」

香子は、真新しい本を見詰めたまま言った。

兄の拓也は地元の高校を卒業すると、鳥が飛び立つように上京した。伯父一家はけっして不親切ではなかったが、兄には靴を脱ぐ場所も遠慮するような居候の立場が我慢ならなかったらしい。

最初はデザイン関係の仕事に就きたいと張り切っていたが、何のつてもなく田舎から出て来た高卒の青年に、東京の水は甘くはなかった。

短気で負けず嫌いな性格も災いして、職を得てもなかなか落ち着かなかった。

拓也が職場を変えるのは必ずと言っていいほど、「大卒なのに頭のわるい」上司や同僚とのいさかいが原因だった。

伯父の手前、香子の方から電話をかけることは控えていたが、それでも兄は思い出したように手紙や電話をくれた。そのたびに住所が違っていた。

そしてある日貰った手紙には、経済通信社で記者の仕事をしている、それなりに収入にはなるが、仕事はたいして面白くない、夜はある大手出版社が経営するカルチャー・センターの小説講座に通っている、いずれ、小説を書いて大きな賞を取り、作家になるつもりだ、などと香子からみれば夢のまた夢のようなことが書いてあった。

しかし、差出人の住所は練馬の北原マンションとなっており、マンションという名称からして、今までのアパートよりは少しはましなところに住んでいるようだと香子は思った。

兄の人生も三十を越して、やっと安定しつつあるのかと安心していた矢先、また手紙が届いた。

上司と喧嘩して会社を辞めた、雇用保険で食べながら、今は小説書きに専念している、小説講座がきっかけで、ある出版社の編集者と知り合いになった、この人が何かと力になってくれて、今大きな賞を狙っている、たとえ賞に落ちても、この編集者の口利きで、本にしてもらえそうだ、自分ももう三十一なのでここらが勝負時だと思っている、などと書かれていて、香子は愕然とした。

愕然としながらも、いかにも兄らしいと溜息をついた。

兄はいったい、いつまでこんな薄氷を踏むような危うい生き方を続けるつもりなのだろうか、と香子は暗澹とした。

そして、香子が危惧したとおり、それは長くは続かなかった。

拓也の歩いていた薄氷が、ついに音を立てて割れたのである。

2

事件は、昨年の四月半ば土曜日の夜に起きた。

午後八時を少しまわった頃、香子は拓也から突然、電話を受けた。ここ二カ月ほど何の便りもないので、そろそろこちらから連絡してみようかと思っていた矢先だった。

兄の声はどこか異常だった。酔ってでもいるのか、ひどく興奮していた。香子が電話口に出ると、兄は上ずった、エキセントリックな声でいきなり、「香子、凄いよ。部屋の中が桜の花でいっぱいだ。桜が降ってくるんだ。凄い、凄いよ。香子、これは傑作だ。きっと傑作になるよ」

あとは狂ったような高笑いがしばし続いて、一方的に電話はガチャリと切れた。

兄からの異様な電話に、香子はあっけにとられ、しばらく受話器を握り締めていたが、そのうち胸の中にどす黒い不安が広がりはじめた。

兄はふつうじゃない。何かあったのではないだろうか。部屋の中に桜の花が降る？

窓のそばに桜の木でもあって、開けた窓から花びらが風で舞い込んでくるという意味だろうか。

そんなはずはない。

香子は慌てて、兄から貰った手紙の裏を見てみた。やはりそうだ。北原マンション七〇一号室とある。兄の部屋は七階にあるのだ。桜の花が降るなんてことはありえない。

香子は胸騒ぎに、居てもたってもいられなくなった。近くの公衆電話まで走って行くと、そこから兄のマンションに電話をかけた。が、話し中で電話は通じない。しばらくしてもう一度かけたが、今度はコール音がむなしく響くだけだった。

その夜は一睡もできなかった。香子のもとに再び電話があったのは、翌日の朝方だった。兄からではなかった。東京の警察からだった。

昨夜、拓也が同じマンションに住む小野寺《おのでら》さちという女性を絞殺したあとで、自分も刃物で頸動脈を断って自殺したという知らせだった。

香子はこのとき、兄が歩いていた薄氷の割れる音をハッキリとその耳で聴いた。

拓也が殺した女は、同じマンションの七〇五号室に住む、二十八歳のＯＬだった。二人の遺体を発見したのは、翌朝、拓也の部屋を訪ねて来た友人の編集者駒井茂生である。

小野寺さちの遺体は、フローリングの床に壊れたマネキンのように横たわっていた。白いモヘアのセーターに超ミニの真っ赤な革のスカート。白地にピンクの花柄の絹のスカーフで首を絞められていた。真っ赤なマニキュアを塗った長い爪が折れて、かなり抵抗したらしい痕跡があった。

角膜の濁った目を大きく見開き、捲《まく》れ上がった短すぎるスカートから、みごとな太股を剝き出した女の傍らに、羽田拓也の血にまみれた遺体がしずかに横たわっていた。

拓也は白絹の手袋をはめた右手に青い柄のカッターナイフを握っていた。それで右頸動脈を一気に断っていた。ためらい傷は見られなかった。

部屋のテーブルには、琥珀《こはく》色の液体の残った二つのウイスキーグラスが載っていた。一方のグラスには真っ赤な口紅の痕《あと》。もう一方からは睡眠薬が検出された。

さちの死亡推定時刻は前日の午後八時頃、拓也のほうはそれからおよそ一時間後の午後九時頃だった。

最初、警察では一緒に酒を飲んでいるうちに、二人の間で何らかのいさかいが起こり、カッとした羽田拓也が小野寺を絞め殺し、その後で自らも自殺したのではないかという見方をとった。

ただ、それにしては、拓也が白絹の手袋をはめて死んでいたことが疑問視された。

さらに、警察からの連絡を受けて、秋田から駆けつけてきた香子の話から、小野寺さちを絞殺したと思われる頃、酔い痴《し》れたような声で電話をかけてきて、「部屋の中に桜の花びらが降っている」と妙なことを口走ったことが分かった。

もちろん、七階の拓也の部屋には桜の花びらなど、ひとひらたりとも落ちてはいなかった。

ただ、この奇妙な言葉と白絹の手袋の謎は、死体の第一発見者でもある友人の編集者の証言で難無く解けた。

ここ二カ月ほど拓也は仕事を辞め、部屋にこもりっきりで小説を書いていたのだ。完成すれば六百枚ほどになる倒叙ミステリーだった。

ラストで、追い詰められた主人公が故郷まで逃げ延び、月光を浴びた満開の桜の木の下で、白絹の手袋をはめて共犯の女を絞殺したあと、自分も自殺するという話だったという。

これらの証言から、警察は、何カ月も部屋に閉じこもって小説の執筆にのめり込んでいるうちに、虚構と現実の区別がつかなくなった羽田拓也が、錯乱状態のままに、訪ねて来た小野寺さちを、自分の小説の中のヒロインと混同して絞め殺してしまったのではないか、という見方に変えた。それには多分にアルコールの力も加わっていただろう。

さちを絞殺してしまったあと、拓也は錯乱したまま、郷里に住む妹のもとに電話をかけたのだ。

このとき拓也の狂った目には、虚構の中で降らせるはずだった桜吹雪が舞っていたに違いない。闇夜に舞い狂う絢爛《けんらん》たる幻の花が、拓也の心の目には見えたのだろう。

そして、一時間後、拓也はウイスキーに睡眠薬（これは友人の駒井茂生の話で、以前、不眠症にかかって苦しんでいた拓也に、駒井が分けてやったものであることが判明）を入れて飲み、小説の主人公に自らをなぞらえて白絹の手袋をはめ、意識が朦朧《もうろう》としたところをカッターナイフで一気に頸動脈を搔《か》き切ったのである。

机の上に万年筆とともに残されていた拓也の原稿用紙は、五百五十枚で途切れていた。ラストの桜の下での心中場面は描かれてはいなかった。

クライマックスは原稿用紙の上ではなく、中古の賃貸マンションの薄汚れたフローリングの床にじかに描かれていたのである。

これが一年前の事件のあらましだった。

3

「あたし、あれから不思議なことに気がついたんです」

香子は、ふと物思いから覚めたように顔を上げた。目が奇妙な輝きを放っている。黙ってコーヒーを飲んでいた駒井茂生も、つられたように目を上げた。

「不思議なこと？」

「ええ。兄の事件のことです。東京へ出て来たのは、高校時代の友人の下宿に遊びに来たって言ったけれど、本当はそのことを誰かに聞いてもらいたかったんです。駒井さんなら、兄とも親しかったし、話を聞いてもらえるかと思って……」

「で、不思議なことって？」

興味を感じたのか、駒井は先を促した。

「あの夜、あたしに電話して来たとき、兄は部屋に桜の花がいっぱいだと言いました。桜の花が降ってくると。あれは錯乱状態だった兄の幻覚だということになって、あたしもずっとそう思っていたんですが、最近、そうではなかったのかもしれないと思うようになったんです」

「そうではないって？」

「兄はあの夜、本当に部屋の中で桜の花が舞うのを見たんじゃないかって思うようになったんです。兄は狂ってなんかいなかった。あたしに電話してきたとき、兄の目は幻想ではなく、本当に吹雪のように降る白い花びらを見ていたんじゃないでしょうか」

駒井を見詰める香子の目は、深い湖の色に澄みきっていた。

「しかし、そんなことはありえない――」

「これを見てください。あの夜、幻ではなく、部屋の中に本当に桜の花が舞ったのではないかということを、あたしに教えてくれたものがあるんです」

香子はそう言って、持ってきたボストンバッグのジッパーを引いて、中から四角いものを取り出してテーブルに置いた。

「これです」

それは何の変哲もない小型の国語辞典だった。駒井は不審《いぶかし》そうに、濃い緑色の辞典を見た。

「これが？」

「兄の遺品です。原稿用紙のそばに置いてありました。小説を書くときに使っていたのだと思います」

「うん」

それで？ と言うように、駒井は香子を見詰め返した。

「いつだったか、なんとなくこの国語辞典をめくっていたんです。そうしたら、ある頁の間からこんなものが出てきたんです」

香子はそう言って、国語辞典の真ん中あたりを開いた。そして、その頁に挟まれていたものを、そっと指先でつまみ上げた。

それは、ひとひらの桜の花びらだった。

「どうして、兄の使っていた国語辞典に、こんなものが挟まっていたのでしょう？」

香子が言った。

「桜の花びらか。押し花ってことはないね」

駒井は、少女の目の光が眩しいというように目をそらすと、窓の外を見た。

「もちろん、兄が押し花のつもりで挟んだとはとても思えません。押し花なら花びらなんか使わないはずですから」

「うん……」

「しかも、この国語辞典の奥付《おくづけ》を見ると、発行が一昨年《おととし》の七月になっています。ということは、兄はこの辞典を一昨年の七月以降に買ったということになりますよね。だから、この桜の花びらは昨年の四月に咲いたものと言えると思います。

兄の部屋に桜の花びらが降ったとき、この辞典は開いたままになっていたのではないでしょうか。そして、そのとき、ひとひらの花びらは開いた辞典の間に舞い降りたんです。

兄があの夜、電話をかけてきたとき、本当に部屋には桜の花が降っていたんです。幻覚などではなかったんです。このひとひらの花びらが、それをあたしに教えてくれたんです」

「しかし、何度も言うようだが」

駒井茂生は、窓から視線を香子に戻した。

「そんなことはありえないよ。あそこは七階で、しかもそばに桜の木などありはしない。どうやって部屋の中に桜の花が降るんだい。

それとも何かい。拓也がどこからか桜の花びらを拾い集めてきて、それを部屋にばらまいたとでも?」

駒井は尋ねた。

「いいえ。そうは思いません。もしそうなら、兄たちの遺体が見つかったとき、部屋には桜の花びらが残っていたはずです。兄たちの遺体を最初に発見したのは駒井さんなんでしょう?　そのとき、部屋に桜の花びらなど落ちていましたか」

「いや」

「花びらは、兄の使っていたこの辞書の間にしか残っていませんでした」

「なんとも不思議な話だな」

憮然とした表情で駒井は顎を撫でた。

「まさか、香子ちゃんはこう言いたいんじゃないだろうね。あの夜、拓也の部屋にどこからか桜の花が降ってきて、それが翌朝には雪の結晶か何かのように消えてなくなり、ただひとひらだけが辞典の間に残っていたなんて。まるでおとぎ話じゃないか」

駒井は笑おうとしたが、うまく笑顔を作ることができず、こけた頬がわずかに引き攣《つ》ったただけだった。

「そうだったのかもしれません」

香子は生《き》まじめな顔でそう答えた。

「え？」

駒井茂生は怖いものでも見るように、目の前の少女を見た。

香子の目はキラキラと、妖しいまでの輝きを放って、駒井の顔を見据えていた。

天然の艶《あで》やかさをもった唇には、うっすらと刷《は》いたような笑みさえ浮かんでいる。

駒井は少女の顔が、その兄にあまりにも似ていることに戦慄すら感じた。

「部屋に降った桜の花は、たったひとひらだけを残して、翌朝には跡形もなく消えてしまったんだと思います」

4

「まるで怪奇現象だな……」

駒井茂生は呟いた。

「そうです。あの夜、そんな怪奇現象が起きたのです。それに、腑に落ちないことは他にもあります」

香子は続けた。

「ひとつは電話です」

「電話？」

「あの夜、八時頃、兄から電話がかかってきたあと、様子がおかしかったので、あたし、すぐに公衆電話で兄の所に電話をかけ直したんです。そうしたら、話し中だったんです。兄は誰かと電話で話していたんです。それが誰だったか、駒井さん、お分かりになりますか」

「さあ……」

「駒井さん、あなたではありませんよね」

「いや」

「そうでしょうね。だって、あのとき、兄と話していたのがあなただとしたら、もっと早く兄の所に駆けつけていたでしょうからね。あなたではないとしたら誰だったんでしょう。

兄はもともと友人の多いほうではなかったし、勤めを辞めて、小説書きに専念するようになってからは、友人らしい友人といったら、駒井さんくらいなものだったんじゃないでしょうか。それなのに、あの夜、一体誰と電話で話していたんでしょう」

「……」

「おかしいことはまだあります。小野寺さんが殺されたのが八時頃で、兄が自殺したのが、その一時間後です。この一時間の間、兄は何をしていたのでしょうか。なぜ一時間ものブランクがあったのでしょうか」

「自殺の決心がなかなかつかなかったんじゃないのかな……」

香子はキッパリと言った。駒井を見詰める香子の目の光がいっそう強くなった。

「そうではないと思います」

「そうではないって？」

駒井の声が嗄《しわが》れた。

「警察もあたしも勘違いをしていたんです。とても大きな勘違いを。あの夜、兄から電話がかかってきたとき、あたしは当然兄が北原マンションの七〇一号室からかけてきたものだと思い込んでしまったんです。

翌朝、兄の遺体はそこから発見されたのですから、そう考えるのもあたりまえです。でも、本当はそうではなかったんです。あのとき、兄は、北原マンションの七〇一号室ではなくて、どこか別の部屋からあたしに電話をかけてきたんです。

その部屋の窓の外には、大きな桜の木があって、窓を開けると、風の強い日などは桜の花びらが吹雪のように舞い込んでくる、そんな部屋に。

あの夜、兄はその部屋の窓を開けて、そこで小説の続きを書いていたのです。すると、夜の風が烈しく吹いて、窓のそばの桜の木から白い花吹雪が舞い込んできた。そのとき、原稿用紙のそばに開いて置いてあった国語辞典の間に、ひとひらの花びらが落ちたのでしょう。

兄は狂ってなどいなかった。お酒を飲んでいたのでもない。あのとき興奮していたのは、ただ、部屋に吹き込んできた夜桜の凄いまでの美しさに酔ったようになっていただけだったんです」

「だが、なぜ、拓也は――」

「自分の部屋がありながら、なぜ、そこで執筆をしなかったのかとおっしゃりたいのでしょう？　なぜそんな所にいたのかと？　それはたぶん、小説のクライマックスであるラストのシーンを、よりリアリティのあるものにしたかったからではないでしょうか。『拓也は最後のシーンを書くために、あの小説を書きはじめた』と言ったのは駒井さん、あなたです。

兄は、最後のシーンにすべてを賭けたのだと思います。あの小説は、まさにラストにこそすべてがあるのですもの。だから、頭だけで書かずに、本当に夜の桜が舞い狂うさまがまざまざと見える部屋で、桜が舞うのを見ながら書きたかったのじゃないでしょうか」

「………」

「問題はその部屋がどこか、ということです。最初、あたしはどこかのホテルの一室かとも思いました。窓のそばに桜の木のあるホテルの一室。でも、兄が最後のシーンを書くために、そんなホテルに閉じこもったとは考えられません。だって、雇用保険でなんとか暮らしていた兄には、ホテルに何日も部屋を借りる経済的な余裕などなかったはずですもの。

それで思いついたんです。ホテルではなくて、友人の部屋を借りたのではないかと。窓のそばに桜の木のある部屋を」

香子は突然、椅子から立ち上がると窓の所まで歩いて行った。

そして、閉まっていたガラス窓をいっぱいに開けた。

開いた窓から、白い花びらがハラハラと部屋の中に舞い込んできた。

5

「兄はあの夜、この部屋にいたんです。ここで小説の続きを書いていたんです。

さっき、あなたは兄があの小説のラストのシーンを、この部屋であなたと雑談していたときに思いついたと言いましたね。

おそらく兄は窓の外のあの桜の木を見て、そんな閃《ひらめ》きを得たのだと思います。

それに、執筆のために部屋を貸してくれるような友人といったら、駒井さん、あなたくらいしかいませんもの。

そうしてあの夜、烈しい風が吹いて、あの桜の木から花吹雪が部屋の中に舞い込んできた。それを見て、興奮した兄はあたしのところに電話をかけてきたんです。

それが夜の八時すぎでした。ということは、その頃、北原マンションの七〇一号室で小野寺さちを絞め殺したのは、兄ではなかったということになります。

だって、兄はここにいたんですから。小野寺さちを殺せるはずがなかったんです。ではいったい誰だったのでしょう。小野寺さちを殺したのは」

駒井は暗い横顔を見せて、開いた窓を見ていた。桜の花びらが物憂げに、窓のそばに置いた机の上にヒラヒラと舞い落ちた。

「あなたと兄は、ほんのしばらくの間、互いの部屋を交換したのですね。兄の小説が仕上がるまでのほんのしばらくの間。兄に部屋を貸したあなたは、代わりに兄の借りていた部屋、あの七〇一号室に移ったのです。

あの夜、七〇一号室にいたのは兄ではなく、駒井さん、あなただったんです。小野寺さちが訪ねて来て、一緒にウイスキーを飲んだのは、兄ではなくて、あなたとです。

小野寺さちとあなたは、兄を通して顔見知りだったのかもしれません。そして、アルコールが入るにつれて、小野寺さちとあなたの間に何かが起こったのです。さちが自分の首に巻いていたスカーフで絞殺されたところからみて、あなたの殺意はけっして計画的なものではなく、発作的なものだったと思います。

小野寺さちを発作的に絞殺してしまったあなたは、兄の所に慌てて電話をかけた。あるいは、あたしに電話をかけたあと、兄のほうがあなたに電話をしたのかもしれませんが。とにかく、あたしが電話をかけ直したとき、兄が話していたのはあなただったんです。

あなたは、おそらく小野寺さちを誤って殺してしまったことを、兄に打ち明けたのではありませんか。

兄はそれを聞いて、すぐに七〇一号室に駆けつけました。ここから兄のマンションまで電車を使えば一時間足らずです。

小野寺さちを殺したあと、兄が一時間も自殺をためらっていたように見えたのは、こういうわけだったんです。

兄は自殺の決行をためらっていたのではなく、一時間のブランクは、このマンションから自分のマンションへ戻るのに要した時間だったのです。

兄と電話で話したときにすでにそのつもりだったのか、あるいは、兄が駆けつけてくるのを待っている間に芽生えたのか、あなたの頭には恐ろしい企みが生まれていた。このままでは殺人罪で刑務所行きです。あなたの人生は、それで終わったも同然になってしまうのです。それであなたは考えました。なんとかこの罪を免《まぬが》れる方法はないか。

そして、とうとう自分かわいさから、兄を自分の身代わりにすることを思いついたんです。小野寺さちを殺したのは兄で、しかも兄はその後自殺したという筋書きを思いついたんです。七〇一号室は兄が借りている部屋ですから、そういうことが起こってもおかしいとは思われません。

それに、あの事件は、おそらく兄とあなたが部屋を交換して間もない頃に起こったことだと思います。もしかしたら、部屋を交換したその夜に起こったことではなかったのでしょうか。あなたたちが、いっとき部屋を交換したことは、小野寺さちと兄以外に知っている者はいないという自信があったからこそ、あなたはあんな企みを思いついたんです。

あなたは兄が駆けつけてくる前に、自分の指紋の付いていそうな所は奇麗に掃除しました。そして自分のウイスキーグラスを洗って、そこにウイスキーを注ぎ、それに睡眠薬を入れました。

この睡眠薬は、警察には、あなたが以前兄に分けてやったものだと言ったそうですが、あなたが持っていたものだと思います。

それを、駆けつけてきた兄に飲ませたのです。絞殺された小野寺さちの遺体を見て、兄は気が動転していたでしょうから、そんな兄に、それとなくお酒をすすめるのは造作もないことだったと思います。

そして、睡眠薬が効きはじめて意識が朦朧としてきた兄に、白絹の手袋をはめさせ、カッターナイフを握らせて、兄の頸動脈を切ったのです。

あなたは単に、兄が小野寺さちを殺したあとに自殺したという偽装をするだけでなく、兄が書こうとしていた小説のラストに見立てることを思いつきました。

なぜこんなことを思いついたのか分かりません。兄が小野寺さちを殺す動機をより強めるためだったのかもしれません。あるいは一番書きたかったラストのシーンを書かせてやれなかった兄への、せめてもの贖罪《しょくざい》の気持ちがあったのかもしれません。

これだけのことが済むと、あなたは二人の遺体を残して、いったん、この部屋に戻ってきました。そして、兄の荷物、書きかけの原稿用紙や辞典、泊まるために持参した衣類、そういったものを兄が持ってきたに違いないカバンかボストンバッグにつめて、翌朝、兄のマンションを訪れたのです。

そして、兄の持ち物を元の場所に、原稿用紙や万年筆や辞典は机の上に、衣類は簞笥にしまいました。このとき、国語辞典のある頁に桜の花びらが挟まっていたとも知らずに。そしてすべての偽装を終えると、何食わぬ顔で発見者を装って警察に通報したのです」

「ブラボー、ブラボー。香子ちゃん、きみは凄いね。さすがに拓也の妹だけある。素晴らしい想像力だ。辞典に挟まっていた、たった一枚の花びらからそこまで空想をたくましくするとは。田舎の売り子にしておくのはもったいないよ」

駒井茂生は、陰気な笑いを口元に浮かべて手をたたいた。

「空想ではないわ。これが事実です。あたしはこの部屋に来て、窓から桜の木が見えたとき、それを確信しました」

「だが、あいにく、それを事実だと証明できるものがあるのかな。国語辞典に挟まっていた桜の花びら一枚では、きみが妄想にかられて、そんなものを仕込んだとも考えられるよ」

「ええ、そうかもしれません。証明できるものは何もないけれど、これから警察に行って、去年なにかと親切にしてくれた年配の刑事さんに、今あなたにした話をそのままましてみるつもりです。あたしが東京に出て来た本当の目的はこれなんですから」

「警察がそんなおとぎ話をはたして信じてくれるかな」

「さあ。信じてもらえるかどうか分かりません。それに、たとえ話は信じてもらえても、あれからもう一年近くも経っています、再捜査は難しいかもしれません。犯人も証拠の品、たとえば返り血を浴びた衣類とかはとっくに処分してしまったでしょうから」

「おそらくそうだろうね」

「でも、やるだけのことはやってみようと思います」

香子は椅子から立ち上がった。

「どうもお邪魔しました。それから本、どうもありがとうございました」

香子はボストンバッグを手に持つと頭を下げた。駒井は慌てたように立ち上がると、香子の腕を摑んだ。

「ちょっと待てよ——」

少女は摑まれた腕を見た。そして目をあげて摑んだ男を見た。

「あたし、ここへ来ることは誰にも話してありません。伯父さんにも東京の友達の所にちょっと遊びに行ってくるって言って出てきたんです。もし、この部屋から出ることができなくても誰も、あなたを疑う人はいないと思います。ただ、さっきエレベーターの所で黄色いサングラスをかけた若い男の人と擦れ違いましたけれど。あたしのこと、じろじろ見ていたからあとで思い出すかもしれませんよ。それに、あたしが帰らなければ、せっかくあなたが作ってくれた本を兄の墓前に供えることができません」

香子のレインコートの腕を摑んだ駒井の指が、力なく離れた。

香子はまっすぐ背筋を伸ばして、玄関まで歩いて行った。駒井は両腕をだらりと下げて、なすすべもなく佇んでいた。

「駒井さん。あなたはさっき、兄の本のラストに手を加えて完成させたとおっしゃいましたね」

香子は靴を履き、ドアの取っ手に手をかけたまま、ふいに振り向いて言った。

「でも、あなたは一年前にすでに兄の小説を完成させていたんです。あなたの血に濡れた手で、兄の肉体を使って」

少女の最後の言葉は、バタンというドアの閉まる音に重なった。

男は青ざめて窓辺に立ち尽くしていた。

開いた窓から舞い込んだ、夕日を浴びた桜の花のひとひらが、白髪の目立つ男の髪をわずかにかすめて床に落ちた。

盗まれて　CALL IN EARLY SUMMER

1

「もしもし？」

「はい、ソメヤですが」

「モモコ？　あたし」

「あら、その声はサチヨ。お久し振りねえ。新しい仕事、うまく行ってる？」

「まああってとこね。ねえねえ、それより、あの噂、ほんと？」

「噂って？」

「あんたが婚約したって噂」

「どこから聞いたのよ、そんな話」

「先日、銀座で総務にいた女の子にバッタリ出くわしたのよ。そうしたら、あんたの噂になって。いつのまにか左手の薬指に一カラットくらいのダイヤしてるんだって」

「一・五カラットよ」

「それじゃ、本当なのね？」

「え、ええ、まあ」

「お相手は企画部のサワモトさんなんだって？」

「そこまで知ってるのお。どうしてよ？」

「そんなびっくりした声あげないでよ。あたしの地獄耳、忘れた？」

「だって、まだ誰にも話してないのに。職場が同じだと何かとからかわれて厭だからって、彼から口止めされてたから」

「それで、ダイヤの指輪してりゃ世話ないよ」

「あ、あれはたった一度だけ。今ははずしてるのよ。お仲人とか、正式に決まるまでは、あまり噂にならないほうがいいってサワモトさんが——」

「ねえ、いったいどういうことよ？」

「どういうことって？」

「総務から企画部に移って張り切ってたんじゃなかったの。三十までは絶対に結婚しない。キャリア積むんだ。バリバリ仕事する女になるんだって言ってたの、どこのどいつだっけ？」

「そんなこと言ったかしら」

「とぼけちゃって。ははん。そうか。ようするに、あんたも雅子《まさこ》さんブームに乗せられた口ってことか。仕事に生きるより、女はやっぱり結婚。そう思うようになったんでしよ?」

「そうじゃないよ」

「じゃなんでよ? まあ、そりゃ、サワモトさんなら、有望株の一人だし、ルックスもまあまあだから、損な買い物じゃないけどさ。それにしても、いつから付き合ってたの? ちっとも知らなかった。こいつめうまいことやりおって。なれそめを話しなさい」

「ふふふ。話してもいいけど、ちょっと長くなるよ。サチヨって、女の長電話、嫌いじゃなかったっけ?」

「時と場合によります。さあ洗いざらい話せ。電話代こっちもちで聞いてやる」

「きっかけはねえ、ちょっとしたミステリーなのよ」

「ミステリーって」

「ドッペルゲンガーって知ってる?」

「ド?」

「ドッペルゲンガー」

「なにそれ?」

「知らないの? ドイツ語で〈二重身〉という意味。つまりわかりやすく言えば、自分の分身のこと」

「それがどういう関係あるのよ？」

「あたしが四カ月前にこのアパートに引っ越したこと知ってるでしょ？」

「もちよ。葉書貰ったから、引っ越し祝いあげたじゃない」

「じつを言うと、ここ、サワモトさんの紹介で決めたのよ」

「へえ」

「紹介といっても、そのときはまだそんなに親しくもなかったのよ。それに、有望株だかなんだか知らないけれど、あたし、ああいう一流大学出のエリートタイプってそんなに好みじゃなかったの。これは本当よ。最初はぜんぜんそんな気なかったわ。それが、たまたま社員食堂で相席したときに、何の気なしに部屋を探してるって話をしたら、彼の友人が借りていた所に良い所があるって教えてくれたの。その人が出たあと、空き部屋になってるはずだって。すぐに見に行ったら、マンションじゃなくて、木造のアパートで、築三年ってのが少し気になったけれど、外見はわりとしゃれていて新築といっても通るくらい。部屋も奇麗に使ってあったし、家賃も手頃だし、緑が多くて周りの環境も良さそうだし、何よりも駅に近くて便利そうだったんで、すぐに決めたってわけ」

「それが付き合うきっかけ？」

「ううん。そういうわけじゃないの。それだけだったら、それでおしまいだったんだけれど、じつはそのあとに」

「なんかあったんだね？」

「まあ黙ってお聞きなさい。引っ越して、そうね、半月くらいはけっこう快適に暮らしてたのよ。ところが、半月を過ぎる頃になって、妙なことが起こりはじめたのよ」

「妙なこと？」

「最初は全然気がつかなかったんだけれど、そのうち、なんだか変だなって感じるようになったの」

「だから、何が変なのよ？」

「なんていうのかしら。あたし以外に部屋に誰か住んでるみたいな、そんな感じがするようになったのよ」

「えっ」

「そう感じはじめたのは、最初はごくささいなことが原因だったの。たとえばね、朝部屋を出るときに、鏡台の上に置いたはずのヘアブラシが、夜帰ってくると、洗面台の上にあったり、ちゃんと閉めたはずの洋服箪笥の引き出しが少しはみ出していたり、そんなことが気になり出したのよ。でも、最初は気のせいだと思ってた。だって、鍵は欠かさず掛けて出て行ったわけだし、誰かが留守の間に入ることなんてありえないと思ったから。ヘアブラシや引き出しのことはあたしの勘違いだろうって」

「そうじゃなかったの？」

「うん。そのうち、だんだん、その誰かの気配が露骨になってきたのよ。もう勘違いだとか気のせいでは済まされないくらいに。たとえばね、朝起きて、そのまんまにしていったはずのベッドが帰ってくると、きちんとベッドメイキングされていたり、流しにそのままにしていったはずの朝食のお皿がちゃんと洗ってあったり、お風呂の水がすぐに沸かせるように入れてあったり、自動洗濯機の中に入れっぱなしにしていった洗濯物が乾かして畳んであったり。どう考えても、あたしの留守に誰かがいたみたいな痕跡が残ってるのよ」

「誰かに合鍵を渡したなんてことは？」

「いいえ」

「空き巣じゃない？　空き巣って一度成功すると、何度でも狙うって言うわよ。何か盗まれたものはなかった？　預金通帳とか印鑑とか」

「それは真っ先に調べてみたけれど、大丈夫だった」

「下着泥棒って線は？」

「そんなんじゃないと思う。それに、空き巣や下着泥棒がわざわざベッドメイキングしたり洗い物していったりする？」

「それもそうねえ。部屋を荒らしていくことはあっても、掃除したり洗い物したりする奇特な泥棒なんて聞いたことないね」

「しかも、それだけじゃないの」

「それだけじゃないって?」

「物を置いていくのよ」

「なに?」

「盗むどころか、逆に置いていくの。たいしたものじゃないんだけれど。化粧ケースの中に買ったおぼえのない口紅とか、マニキュアが入ってるのよ。それと、ラジカセの中に、やっぱり買ったおぼえのないユーミンのCDが入っていたこともあった。おかしいでしょう? 盗むどころかプレゼントしていってくれる泥棒なんて聞いたことある?」

「聞いてたらうちに招待するよ」

「でしょう? 気味悪いんだけれど、警察にも届けられないのよ。泥棒に洗濯してもらって、口紅やCDを貰いましたなんて言える? 警察に話したって信じてくれそうもないじゃない。こっちの気のせいか狂言だって言われるのがオチでしょ」

「泥棒という線は考えられないわね。とすると、もしかしたら大家の仕業とか?」

「あたしもそう思った。合鍵を持っているのは大家さんだけだものね。面倒見の良さそうなおばちゃんだったから、親切のつもりで、あたしの留守に勝手に入って、洗濯とか掃除とかしてくれてるのかなって。でも、そんなのって小さな親切、大きなお世話ってもんじゃない。それで、それとなく、やめて欲しいって言いに行ったら、キョトンとしてて、どうもあの様子から見ると、大家の仕業じゃないらしいのよ」

「へえ」

「それに考えてみると、いくら世話好きでもそんなことする大家なんて聞いたこともないし、六十に近い人がユーミン聴くとも思えないじゃない」

「それもそうだ」

「大家でもないとすると、一体誰があたしの部屋に入りこんでいるんだろうって、もう頭が変になるくらい考えちゃってね。そんなとき、隣の二〇五号室に住んでいる人から妙なこと言われたの」

「どんな？」

「その人、コンノって言って、三十くらいの独身男性で、シナリオライターとかやってる人らしいんだけれど、時々、廊下で会ったりして挨拶くらいはしてたのね。その日、勤めから帰って部屋の鍵を開けようとしていたら、ちょうど、その人が隣の部屋から出てきて、あたしの顔を見るなり、『今日はお休みですか』なんてニコニコしながら聞いてくるのよ。変なこと言う人だなあって思って、『いいえ。今会社から帰ってきたところです』って答えたら、怪訝そうな顔して、『あれ、それじゃ、昼間いったん戻ってきたんですか』なんて言うじゃない」

「へえ」

「なに言ってるんだろう、この人って思ったから、『いいえ。ずっと今まで会社にいましたけど』って言ってやったら、『変だなあ』とか首傾げてるのよ。気になったから、『なんですか』って問い詰めてやったら、首傾げたまま、『昼間、あなたが部屋から出てくるの見たもんだから、てっきりお休みかと思った』なんて言うのよ」

「昼間部屋から出てきた？　モモコが？」

「そう。そう言うのよ。コンノさんて、仕事がら、昼間もうちにいる人だから」

「でも、モモコはその頃会社にいたんでしょ？」

「そうなのよ。あたしはずっと会社にいたの。でも、コンノさんに言わせると、あたしの部屋から出てきた人は、年恰好といい、着ているものといい、顔立ちといい、あたしにそっくりだったんですって。もちろん、あたしには双子の姉妹も、よく似た友人もいないわ。ということは、つまり、昼間あたしの部屋にいたのは、あたしのドッペルゲンガーだったってことになるのよ」

2

「それじゃなに、あんたの留守の間に、洗濯したりベッドメイキングしたり、ＣＤ買って聴いたりしたのは、もう一人のモモコだったというわけ？」

「そういうこと」

「まっさかあ」

「でも隣のコンノさんが嘘をついているようには見えなかったし、たしかに部屋には誰かがいたらしい気配があったのだし。信じられないけど、もしかしたらって思いはじめたのよ」

「ちょっと待ってよ。そんなことあるわけないでしょ。自分の分身が勝手に歩き回ってるなんて。そんな馬鹿なこと、すぐに信じたの？」

「呆れたような声をあげないでよ。あたしだってすぐに信じたわけじゃない。もちろん、すぐには信じなかったわ。それで、どういうことかしらって考えているうちに、あることを思いついたの」

「あること？」

「うん。その女はあたしと年恰好が同じで、隣の男が見間違えるほどにあたしによく似ていた。しかも部屋の合鍵を持っている。誰だろうって考えていたら、一人だけ思いあたる人物がいたのよ」

「誰？」

「前にこの部屋を借りていた人」

「ああ。サワモトさんの友人とかいう？」

「彼女なら可能性があるのよ」

「ちょっと待って。彼女って、その人、女なの？」

「そうよ」

「つまり、サワモトさんの友人って女性だったわけ？」

「何を驚いているの？」

「いえべつに。てっきり男だと思い込んでいたもんだから」

「男が住んでいたあとになんか入らないわよ。部屋を奇麗に使わない人が多いんだもの」

「それもそうね。でも、どうしてその女性が合鍵を持っているって思ったわけ？」

「だって、前に住んでいたわけだし」

「でもその部屋、あなたが入ったときに錠前は替えたんじゃない？」

「あたしも最初はそう思ってたのよ。あたしの入居が決まったときに、当然、大家さんが替えてくれたものだとばかり。ところがさ、聞いてみると、意外なことに、前の人が出たあとでも錠前を取り替えないアパートとかマンションってけっこう多いんだって」

「うそ？」

「ほんと。錠前やドアを替えるのって費用がかかるからね。そのままにして次の借り主に貸してる所が多いんだって。げんに、ここもそうだったのよ」

「ちょっと本当？　不用心な話だねえ。そんなことしたら、前に借りてた人が合鍵作ってたりしたらどうするのよ？」

「そうなの。あたしもそれを考えたってわけ。前に住んでいた女性が、理由は分からないけれど、合鍵を使ってあたしの部屋に入ってるんじゃないかって」

「でもなんでそんなことするのよ？」

「そう。その理由が分からない。それで、その女性のこと、サワモトさんに訊けば何か分かるかと思って――」

「ははん。そのあたりから二人の接近がはじまるわけか」

「言っとくけど、最初はそんな気なかったんだからね。あたしとしては、まったく純粋にこの謎を解きたい一心で」

「はいはい。それは信じます。で、それから、どうしたの」

「それで、彼に今までの不思議現象のことを打ち明けて、その女性のことを訊いてみたら、彼女の仕業ではありえないってきっぱり否定したのよ」

「へえ、なぜ？」

「というのは、その女性というのは、たしかに年はあたしと同じくらいなんだけれど、背はあたしよりもずっと高くて、顔もぜんぜん似てないんですって。写真を見せてもらったら、彼の言う通りなの。あれじゃ見間違えようがないわよ。それに、彼女、デザイナーとかで、今仕事で海外にいるというのよ。そもそもこのアパートを出たのも、海外でしばらく暮らすためだったんですって。だから、どんな理由があったにせよ、彼女が元住んでいたアパートにこっそり出入りしているなんてありえないって」

「なるほど」

「それでも、サワモトさんも不思議がってね、念のためだといって、わざわざ海外にいる彼女に連絡を取って調べてくれたのよ。やっぱり、彼女は関係なかったみたい。ただ、そのとき、彼女から妙な話を聞かされたっていうの」

「どんな？」

「その彼女も、ここに住んでいた頃、似たようなことを経験したんですって」

「へえ？」

「鍵を掛けて出かけたはずの部屋に帰ってみると、物の置き場所が違っていたり、洗濯物が洗ってあったり、人がいた気配を感じたことがあったんですって。気味悪いから引っ越そうかと思ってた矢先に、海外での仕事の話が持ち上がってこれ幸いと――」

「うーむ二〇四号室の怪ってわけね。その部屋に住むとドッペルゲンガーに悩まされるようになる……」

「どうもそうらしい。それに、誰かが合鍵を使って出入りしているのではない証拠に、そのあと、すぐに大家の承諾を貰って錠前を取り替えたんだけれど、それでも誰かが昼間入っているような気配はなくならなかったのよ」

「警察には知らせなかったの？」

「それはさっきも言ったじゃない。警察がこんな話信じてくれると思う？　何か盗まれたものがあるならともかく。こっちの頭がおかしいんだと思われちゃうわよ。それに錠前を取り替えたのに、どうやって中に入ることができるのよ」

「プロの空き巣だったら、鍵の掛かった部屋でも簡単に入るって言うよ」

「空き巣じゃないわよ。だって、何度も言うように、何も盗られてないんだもの」

「本当に何も盗まれてないの？　モモコが気がつかないだけってことはない？」

「そんなことないってば」

「そうお」

「だから、あたしのドッペルゲンガーの仕業だってこと、信じられないけど、もしかしたらって思うようになったの。それに、サワモトさんが言うには、ドッペルゲンガーが現われたのは、あたしの深層心理に問題があるのかもしれないって――」

「どういうこと、それ？」

「つまりね、あたしは総務から企画部に抜擢されて、もうお茶汲みやコピー取りだけやってる腰掛けじゃない。とりあえず三十になるまでは結婚のことは考えずに、仕事バリバリやるんだって張り切ってた。それは、サチヨ、あなたも知ってるでしょ？」

「そりゃまあね。だから、あんたが結婚して会社を辞めるかもしれないなんて噂聞いて、びっくりしてこうして電話かけてきたんじゃない」

「仕事一筋でやっていこうと思ってたのは本当だったのよ。でも、心のどこかで、これでいいのかなとも思ってたような気がするの。朝は朝食もゆっくり食べられずに、ベッドからそのまま抜け出すみたいにして出かけて、夜の帰宅は遅い。へたをすると午前様の日々が続いて、あたし、男並みの、そんなハードな生活に心のどこかで疲れはじめていたんじゃないかと思うの。休みの日だって、くたびれきってるから、動物園の熊かなんかみたいに、ゴロゴロ寝てばかりいて。なんにもする気がないのよ。だから、時々、一日中のんびりと家にいて、ゆっくり洗濯でもしたり、好きな本や音楽でも聴いて過ごせたらいいなって思うことがあったのよ。もしかしたら、そんなもう一人のあたしがドッペルゲンガーとして現われたんじゃないかって気がしてきて——」

「……」

「信じられないけれど、そう考えだすと怖くなってきたのよ。あたしは自分でも気がつかないうちに、自分の本当の姿を見失ってるんじゃないか。もう一人のあたし、つまりドッペルゲンガーはそれを警告するために現われたんじゃないかなんて思いはじめたの。それに、怖いのは、自分のドッペルゲンガーを見た人間にはいずれ死が訪れるっていう言い伝えがあるのよ。知ってる？」

「知らない」

「そういう言い伝えがあるのよ。今のところ、あたしのドッペルゲンガーを見たのは、隣の男だけだけど、もし、何かの拍子にあたし自身が彼女に出会ってしまったらと思うと、もう怖くて怖くて鏡を見ることもできなくなったの」

「ふーん。それでこのまま仕事を続けていく気がしなくなったってわけ？」

「意気地のない話に聞こえるだろうけれど、そういうことなの。なんか、このまま仕事だけをやっていく人生に疑問感じちゃったのね。そんなときに、ちょうどサワモトさんにプロポーズされたもんだから」

「待ってましたとばかりに、二つ返事でオーケーしたというわけか」

「そんな皮肉っぽい言い方しないでよ。あなただって、あたしと同じ経験したら、きっと同じことをしたと思うけど」

「ねえ、ところで、ドッペルゲンガーって本当にいたの？　モモコ、あんた、今でもそれに悩まされているの？」

「ううん。ドッペルゲンガーはいなくなったわ」

「なによ。変な含み笑いなんかして」

「ドッペルゲンガーはね、引っ越したのよ」

「引っ越した？」

「じつを言うと、この話にはオチがあるんだ。それは後で分かったことなんだけれど」

「そんなことだろうと思った。で、そのオチって？」

「真相が分かってみたら、なあんだって言うかもしれないけど」

「なによ？」

「ドッペルゲンガーの謎を解いたのはサワモトさんなの。そして、そのドッペルゲンガーを追い出したのも彼」

「またサワモトさんか。まあ、のろけを聞かされるのは覚悟の上だわ。さあ、とっとと全部話して」

「ひょんなことから、ドッペルゲンガーの正体が分かったの」

「誰だったの？　なんとなく見当はつくけれど」

「隣の男。コンノというシナリオライター。あいつが犯人だったのよ」

「へえ。やっぱりね」

「ちっとも驚かないのね」

「話、聞いてるうちに、そんなところじゃないかなって思ってたからね」

「種明かしは簡単。押し入れの天井の羽目板をはずすと、屋根裏へ出られるようになっていて、隣の男、そこを伝わって、あたしの部屋に侵入していたらしいのよ。ほら、昼間うちにいる人だから、そういうことが自由にできるってわけ」

「屋根裏の散歩者ってことね」

「そういうこと。たまたま、押し入れを探っていて、屋根裏に出られることを知ってから、隣に若い女が独りで住んでいるって知って、好奇心で忍び込んだんでしょうね。べつに何かを盗むという気はなかったらしいんだけれど、ちょっと悪戯心を起こして、洗濯をしたり、ベッドメイキングをしたりして、あたしが帰ってきたときに驚かそうとしたらしいのよ」

「その男がそう白状したの？」

「そうらしいの。偶然、押し入れから出入りできる屋根裏の通路をサワモトさんが発見して、隣の男に抗議してくれたのよ。この場合、女のあたしが言うより男のほうが効果があるでしょ。そうしたら、意外に気が弱い男だったらしくて、数日後に夜逃げみたいな恰好で引っ越していったわ」

「そんなやつ、警察に突き出してやったらよかったのに」

「でも何か盗られたわけじゃなかったし、あまり事を荒立てたくなかったんだもの」

「ちょっと待って。ということは、あんたの前に住んでいたデザイナーとかいう人のことも、そのコンノというやつの仕業だったってこと？」

「むろんそうでしょうね。その男、ここが建ったときから入居してたっていうから。彼女にも同じことをしていたに決まってるわ」

「ふーん」

「まあドッペルゲンガーの謎は解けてみれば、なあんだってことだったけれど、でも、今から思えば、このことがあって良かったと思ってるの。だって、あんな変なことがあったおかげで、あたし、自分の本当の気持ちを確認できたような気がするし、サワモトさんみたいな頼もしい男性とも知り合えたんですもの。怪我の功名とでも言うのかしら。隣の変態男には感謝したいくらい」

「むふふ。それはごちそうさま。そうと分かったからには、心からお幸せにと言うしかないみたいね……」

「ありがとう。本当に幸せよ」

「でもねえ――」

「なあに」

「ちょっと気にかかることがあるんだけれど」

「気にかかること？　なによ」

「あのね、いや、やっぱりやめとくわ」

「言いかけてやめないでよ。気色わるい」

「でも、これはあたしの推理というか想像にすぎないし、あんたの幸せに水さすことにもなりかねないから」

「どういうこと？」

「やっぱりだめ。そろそろ切るわ。おめでとう。それじゃね――」

「待ってよ、サチヨ。言いかけてそれはないでしょ。なんでもいいから話してよ」

「でも、あんたにとってあまり気持ちのいい話じゃないかもよ。それでもいいの？」

「いいわ。話してみてよ」

「そこまで言うなら話すわ。あんたは、隣の男に何も盗まれてないって思ってるようだけれど、あたし、そうじゃないって気がしてならないの」

「でも本当に何の被害もなかったのよ。盗まれたものは何もないの」

「ねえ、モモコ。あんたは自分でも気がつかないうちに盗まれていたものがあるのよ。コンノという男はたんに好奇心だけからあんたの部屋に入ったんじゃないと思う。はじめから、あるものを盗む目的だったのよ。それはいちどきに盗めないものだったから、少しずつ、時間をかけて盗んでいったんじゃないかしら。そして、まんまと盗みおおせた。コンノが引っ越していったのは、サワモトさんに抗議されたからじゃなくて、盗みの目的を果たしたからじゃないかしら。つまり、最初っから計画的だったってこと。それなのに、まだあんたはそれに気づいていない。大事なものを盗まれたというのに……」

「いったい何を言いたいのよ。はっきり言ってよ。あたしが何を盗まれたっていうの？」

3

「そうどならないでよ」

「だって、サチヨったら思わせぶりな言い方するんだもの。はっきり言ってよ。あたしが何を盗まれたというの」

「その前に聞いておきたいことがあるの」

「なに？」

「その部屋に前に住んでいた、サワモトさんの友人とかいう女性のことだけれど、どの程度の友人だったか、聞いたことある？」

「ええ。あたしも気になったから、それは一応。それがどうかしたの？」

「うんちょっとね。で、どうなの？」

「一時は付き合ってたらしいわ。サワモトさんは彼女と結婚まで考えてたんだって。でも、彼女のほうが――」

「仕事のほうをえらんだというわけなのね。海外に行ったわけだから」

「そういうことね。でも、だからって別に」

「それが分かれば、あたしの推理も話しやすいというもの」

「早く話して」

「ところで、サワモトさんて今いくつだっけ？」

「またはぐらかす」

「はぐらかしたわけじゃないよ」

「たしか二十八になったばかりよ。それがどうかした？」

「二十八か。三十を目前にして、仕事も軌道にのって、そろそろ家庭でも持とうかってことを真剣に考えはじめる年よねえ」

「そうね」

「それで、それとなく周りを物色しはじめて、これはという女性に目をつける。ところが、当の相手にはその気がなくて、結婚よりも仕事ってタイプだったらどうかしら？」

「前の彼女がそういうタイプだったみたいね」

「みたいねなんて、他人ごとみたいに言うけど、あなただってそうじゃない。というか、そうだったじゃない。そのドッペルゲンガーの件が起きるまでは」

「え？　ええ、それはそうだけれど。ねえ、サチヨ、一体何を言いたいの」

「サワモトさんは、あんたが企画部に転属してきたときから、目をつけていたんじゃないかしら。だって、モモコって一見したところ、男がお嫁さんにしたがるタイプだもの。そこそこに可愛いし、素直そうに見えるし」

「そうかしら」

「ところが、いざ話してみると、外見とは大違い。仕事をバリバリやってくキャリア志向型だったというわけ。そういうタイプに一度煮え湯を飲まされたことがあるサワモトさんとしては――例のデザイナーのことよ――これはなんとかしなければと考えた」

「ちょ、ちょっと、あなた、まさか」

「そう思ってたところへ、たまたまあんたが部屋を探しているという話を聞いて、あるアイデアが彼の頭をよぎった」

「……………」

「例のデザイナーの彼女と付き合っていた頃、そのアパートにも当然何度か足を運んでいたはず。その間に、隣のコンノという男とも親しくなっていたとは考えられないかしら？」

「ま、まさか。サワモトさんとコンノがグルだったなんて言い出すんじゃないでしょうねっ」

「そんなかみつくような声出さないで。でも、考えられないことじゃないでしょ。接点はあったわけだから。年齢的にも近そうだし、親しくなっていたと考えてもそれほどおかしくはないわ」

「で、でも」

「しかも、サワモトさんは最初から、そこのアパートが押し入れから屋根裏を伝って隣の部屋に忍び込めることを知っていた。コンノという男に聞いてたのかもしれないし、前の彼女から聞いてたのかもしれないけれど。とにかく、彼は最初から知っていたのよ」

「知っていて、何食わぬ顔で、あたしに紹介したというの？」

「そうよ。それで、コンノを使ってあんたの部屋に忍び込ませた。あんたがそれに気づいて、気味悪く思いはじめた頃を見計らって、コンノにあんたのドッペルゲンガーが現われたような芝居を打たせる。当然、あんたとしては、アパートを紹介してくれたサワモトさんに相談するでしょ。もし相談しなかったら、自分のほうからそれとなく話を持ち出せばいいのよ。例のアパート、住み心地はどうとか言って」

「彼、たしかにそう言ったわ。だからあたし、あの話したのよ……」

「やっぱりね。水をさしむければ、あんたは不思議現象のことを話すはず。そうしたら、ドッペルゲンガーのことを話して、あんたの深層心理が本当は仕事をやめて家庭に入りたがっているとかなんとか、もっともらしい話に持っていくのよ。そうやって、まず、心理的に攻めておいて、今度は、ドッペルゲンガーの謎を解いて、コンノに話をつけたような振りをして、自分の男としての頼もしさを印象づける。そうしておいて、プロポーズすれば、あんたは二つ返事でイエスと言うはず。そんなもくろみがあったんじゃないかしら」

「そんな。それじゃ、あたしは彼にまんまとはめられたってわけ？」

「そうは考えられない？　コンノが引っ越したのだって、別に自分のしていることがばれたからじゃなくて、最初から引っ越す予定だったのかもしれないわ。サワモトさんからお金でも貰っていたんじゃないかしら」

「つまり、あたしが盗まれたっていうのは、それじゃ――」

「心よ。あんたのハート。あの件があってから、最初はなんとも思ってなかったサワモトさんにだんだん心が傾いていったわけでしょ。最後は婚約までするほどに。ということは、あんたは少しずつ心を盗まれていたわけよ。コンノに盗まれたのは、目に見えないもの、あんたの心だったってこと。もっとも、コンノにというより、コンノを使っていたサワモトさんにと言うべきかもしれないけれど」

「し、信じられない」

「信じられなければ信じなくてもいいのよ。あたしだって、こんなこと、確かな証拠があって言ってるわけじゃないんだから。ただ、ふとひらめいただけなの。あたしの思いすごしかもしれないし。サワモトさんは何も知らなかったのかもしれない。だから、今言ったことは忘れてくれていいのよ」

「………」

「ただ、もしも、もしもよ。もしもあたしの言ったことが真相だったとしたら、モモコ、あんたがサワモトさんと結婚しても本当に幸せになれるのかなってちらと思ったの」

「そんな」

「あら、誤解しないで。けっしてやっかみでこんなこと言うんじゃないのよ。でも、あたし、あの会社にいた頃から、サワモトさんて、たしかに仕事は出来るし、一流大学出てるしで、結婚相手として考えたら申し分のない人のように見えるけれど、そのぶんエリート意識の強い人じゃないかしらって思ったことがあるの。今度のこともあたしの推理通りだとしたら、あの人の性格を端的に表わしていると思わない？　どんな手段を使ってでも、自分の欲しいものは手にいれる。そんな強引なとこ、感じるわ。まあ、そりゃ、それだけ、モモコ、あんたに対する愛情が強いんだと言ってしまえばそれまでかもしれないけれど、これは愛情の問題とは違うと思うのよね。ああいう人にとって、恋愛とか結婚とか、結局仕事の延長でしかないんじゃないかしら。結婚だって、好きな相手ができたから、一緒に暮らしたくなったなんて単純なものじゃなくて、社会的な信用を得るためには、ある程度の年齢になったら家庭を持ったほうがいいという合理的な考えの持ち主じゃないかと思うの。つまるところは、仕事のため、出世のためなのよ。もしかしたら、モモコ、あんたはそれに利用されているだけなのかもしれないわよ。ねえ、モモコ？　モモコったら。黙りこんじゃったけど、聞いてるの？」

「聞いてるわよ」

「怒った？　あたし、ちょっと言い過ぎたかしら」

「そんなことないわ。むしろその逆。サチヨの話、聞いていたら、なんだか、サチヨの言う通りかもしれないなって思えてきて。そういえば、あたしだって最初は、サワモトさんて、サチヨが言うようなところのある人だと思ってたんだし。それが例のドッペルゲンガーのことで、相談にのってくれたり、解決してくれたりして、意外に良い人なんだなって思いはじめてから、好きになったのよ。でも、もしそんな魂胆が最初からあったとしたら、話は別。なんだか不安になってきちゃった。彼と結婚しても幸せになれるのかしら。自信なくなってきたわ……」

「あらあら。なんだか、あたし、悪いこと言っちゃったみたいね。あんたたちのことに水さす気はなかったのよ。でも、モモコの話を聞いていたら、黙っていられなくなって。一度、例のこと、サワモトさんに訊いてみたら？」

「そんなことして、彼が素直に白状すると思う？」

「そうねえ、まずしらを切るでしょうね」

「あたし、もう一度考えてみようかしら。本当にこれでよかったのか……」

「そうしたほうがいいと思うわ。一生のことですものね。早まったことをして、バツイチにでもなったら厭でしょ。それに、仕事だって、もう少し続けてもいいんじゃない？　せっかく企画部に転属になったばかりなのに、勿体ないじゃないの。あたしがあの会社、辞めた理由、知ってるでしょ？　あたしだって、本当は企画部に行きたかったのよ。総務で、お茶汲んだり、コピー取ったりしてるより、企画部のほうがずっとやりがいがあるんだもの。それなのに、結局、モモコのほうが抜擢されてしまった。正直いって、あのときは少し恨んだんだから」

「ごめんね」

「なにもあんたが謝ることないわよ。会社が決めたことですもの。もう恨んじゃいないわ。今の仕事もそれなりに楽しいしね。あたしが言いたいのは、他にも企画部に行きたがっている女の子たちがいるということ。ＯＬたちのみんながみんな、会社に遊びに来てるわけじゃないのよ。結婚までの腰掛けだと思ってるわけじゃないんだから。でも、それを上層部に分かってもらうには、なんといっても実績を作らなくちゃ。口先だけ男女平等なんて言ったって、実績が伴わなければ意味ないわよ。だから、モモコにはもっと頑張ってもらわなくちゃ。あんただけの問題じゃないんだから。今ここで逃げたら、これだから女はなんて言われるのがオチだわ。そうならないように、もう少し頑張る義務があるってもんだわ。そうは思わない？」

「そう言われてみればそうね。あたし意気地がなさすぎたかもしれない」

「なんだか、お祝いを言うつもりが、変な話になっちゃったけれど、もう一度考えてみること、あたしも勧めるわ。それじゃ、もう切るわよ」

「ええ。サチヨ、ありがとう。あなたのおかげで、目が覚めたみたいな気分だわ」

「そんな。お礼なんていいのよ。友達じゃないの。じゃあね」

「じゃあ——」

電話はようやく切れ、おれも録音の停止ボタンを押した。女の長電話とはよくいったもんだね。黙って聴いてりゃ、いい気になって、夜が明けるまで喋りかねない。もっとも、そんな女の長電話を、わざわざ録音までして聴いているおれはなんなのだと言われそうだが。

しかし、まさか、杉原《すぎはら》幸代のやつ、今までの会話をこのおれ様に盗聴されていたとは気がつくまい。ふっふっふ。この前、去年うちの店で買ったエアコンの修理に行ったとき、隙をみて、彼女の電話に盗聴装置を付けておいたのさ。誰とどんな会話をするのか興味があってね。

それにしても、ひとつ気になることがあるぞ。彼女たちの会話に出てきたサワモトという男だが、まさかあの沢本じゃあるまいな。おれと同郷で、高校のとき同級生だった沢本康夫《やすお》。

もし、そうだとしたら、凄い偶然だぞ。年が二十八で、一流大学を出ているという点は、あの沢本と同じだしなあ。高校のときから、損なことは絶対にしないという抜目のないやつだったからな、あの沢本なら、幸代が言っていたようなこともやりかねないし。

あの沢本なのかなあ。でも待てよ。この前の同窓会で聞いた話だと、たしか沢本は——あれ、幸代め、またどこかに電話をかけようとしているぞ。電話魔め。目が、いや違った、耳が離せないじゃないか。

おれはまた録音ボタンを押した。

「もしもし？」

「はい、サワモトですが」

「あたしよ」

「ああサチヨさん？」

「今、モモコに例の話したわ」

「ほんと？」

「ええ」

「で、どうだった？　彼女、なんて言ってた？」

「そんな心配そうな声出さなくても大丈夫。うまくいきそう。あたしがちょっと水を向けただけで、もう決心がぐらついて、明日にでもあなたの所に指輪を返しにいきそうな様子だったわ」

「本当かい？　それはよかった」

「もともと、モモコって人の話に乗せられやすいタイプなのよ。ブームとか流行に流されやすいの。だから、彼女の決心なんて、翻《ひるがえ》させるのはチョロイもんだわ。あなたのときもそうだったでしょ？　ドッペルゲンガーの話、持ち出しただけで、すぐに仕事より家庭に向いてるんじゃないかなんて思いこむくらいだから」

「そうなんだよ。あのときはまんまと思い通りに事が運んだって思ったんだけれど、いざ婚約にまでこぎつけてみると、なんだか——」

「物足りなくなってきたんでしょ、彼女のことが。そして、だんだん彼女への気持ちがさめていったってわけね。苦労して釣りあげた魚は思ったより小さかったことに気がついて」

「そういうこと。付き合っているうちに、いろいろと彼女の欠点が見えてきてねえ。あんなことまでして、手に入れるほどの女じゃなかった、こりゃ、すこし早まったかなって思えてきた。といって、エンゲージリングまで贈ってしまった手前、今更こちらから婚約解消とも言い出せなくなってねえ。困っていたところへ、バッタリきみと再会してしまったもんだから」

「あたしもあのときはびっくりしたわよ。あなたがモモコと婚約したなんて聞かされて。あの会社にいた頃、あたし、あなたに憧れていたんですもの。ちょっぴりショックだった」

「まさか、銀座で会ったこと、彼女に話したんじゃないだろうね？」

「話してないわよ。会ったのは総務の女の子ってことにしといたわ。その子から聞いたんだってことに」

「ああそう。それならいいんだ。ぼくたちのことは彼女には内緒だよ。彼女だけじゃない。今の会社の連中にも、ぼくたちの共通の友人にも」

「当たり前じゃない。あたしだって、親友の婚約者を盗んだ女だなんて、ろくでもない噂たてられたくないもの。彼女にだって、恨まれたくないし。あくまでも、モモコのほうから婚約を解消するように仕向けて、傷心のあなたに偶然出会って慰めているうちに、仲良くなったという筋書きにしなくちゃ。そのほうがあなたにとってもあたしにとっても良いでしょ。お互い、悪者にならなくて。モモコだって、自分のほうから捨てたんだと思っている限り、幸せってもんだわ。いずれ、あなたとあたしが結婚するようなことになっても、彼女には文句ひとつ言えないはずだわ」

「きみって意外にワルなんだね」

「あらあ。それを言うならあなただって」

「でも、ぼくのパートナーになる女性は、そのくらいじゃないとね。モモコさんでは人が好《よ》すぎる。あれではこちらの出世にもひびくというものだ。男がどこまで出世できるかは、妻の家柄、じゃなかった、器量が大きくものを言うのだからね。その点、きみだったら、これからもうまく立ち回ってくれそうだから安心だ」

「それは任せてちょうだい。それじゃ、また連絡するわ」

「ああ——」

幸代の含み笑いを残して電話は切れた。おれも再び録音の停止ボタンを押した。とんでもないことを聴いてしまったぞ。なんて女だ。あの杉原幸代という女は。見た目には、品のいい、ちょっと良い女だと思ったんだがなあ。女なんて、腹の中で何を考えてるんだか、外見からは分からないもんだね。ま、これは女に限らない。男も似たようなもんだが。まるでタヌキとキツネの化かし合いじゃないか。

でもこれでひとつハッキリしたことがある。彼女たちの会話に出てきた、サワモトというのは、あの沢本に間違いないということだ。今、幸代が話していたのは、まぎれもない、あの沢本康夫の声だった。しかし、妙だなあ。あの沢本だとすると、話が合わないぞ。同窓会で聞いた話だと、沢本のやつ、勤め先の社長の一人娘に見初《みそ》められて、そのうち逆タマに乗りそうだってことだったのになあ。杉原幸代が社長令嬢だなんてことはありえないし、ということは——

ははあ。そういうことだったのか。沢本め。あいつならやりかねないぞ。これは面白いことになった。今録音しておいたこのテープ、いつか役に立つ日がくるかもしれないなあ。

ふふふふふふ。

情けは人の……

CALL IN AUTUMN

1

「健《けん》ちゃん、あとはお願いね」

ママの順子《じゅんこ》はそう言うと、カウンターでずっとねばっていた初老の男と腕を組んで出て行こうとした。

もの欲しげな顔でブランデーを嘗《な》めていた紳士風の男は、ママの新しいパトロンらしい。

流しでグラスを洗っていた健史《けんじ》は顔をあげた。

あとはお願いねって――

「あの客、どうするんです?」

ボックスの片隅で酔い潰れている中年男のほうを、あごでしゃくった。

「飲み代だけふんだくって、放り出してよ」

順子はビール一本で二時間近くもボックスの一つを占領していた客のほうをいまいましそうに見た。

「はあ」

「鍵はいつものとこにね」

閉めかけたドアの向こうから、順子の眠そうな声。

「やあね、まだ雨降ってるわ」

健史は軽く舌打ちすると、洗剤のついたスポンジを放り出し、カウンターをくぐって出てきた。

「お客さん、もう閉店《カンバン》なんですけど」

ぐったりしている客に声をかけた。ううんと客がかすかに呻いた。

「お客さん、お客さん」

客の焦げ茶の革ジャンパーの肩を揺さぶった。中年男は正体なく酔い潰れている。ビール一本で潰れたとも思えないから、おおかたどこかで既にできあがってきたのだろう。常連ではなかったが、全くフリの客でもない。二、三度来たことがある。いつも連れはなく、注文するのはビールと決まっていた。

最初のうち、順子はこの客になんとかボトルを入れさせようと甘い声を出していたが、男がビール党と知ると、洟《はな》も引っかけなくなった。

「お客さん」

健史は客を起こそうと揺さぶっていたが、駄目だこりゃと呟くと、客のズボンの尻ポケットに目をやった。革の財布が覗いている。財布が薄っぺらなことを示すように、尻ポケットの形はあまり崩れていなかった。バブル時は、この尻ポケットが醜く膨らんだ客が多かったのにな、と健史は苦笑混じりに思った。

しかし、まあ、ビール代くらいは持っているだろう。そう踏んで、尻ポケットから財布をひょいと抜き取った。

「おい、何するんだよ」

客がむっくりと起き上がった。

「なんだ、起きてたんですか」

健史は財布を持ったまま苦笑した。

「人の財布、勝手に抜き取りやがって。ここはそういう店か」

客は健史の手から財布をひったくった。

「もう閉店なんですよ」

払うもん払って、とっとと帰れよ、オッサン。腹の中で毒づきながら、健史は猫撫で声で言った。

「閉店?」

客は薄っぺらな財布を大事そうに尻ポケットに押し込みながら、あたりをきょろきょろ見回した。

「ママは？」

「もう帰りましたよ」

「まだ、十二時回ったとこじゃないか」

腕時計を見ながら、客は呆れたように言った。

「今日は雨模様で客の入りが悪いですからね」

健史は看板の照明を消しに行った。

「客の入りの悪いのは、なにも雨のせいじゃないだろう」

中年男は、ソファに靴を脱いであぐらをかくと、煙草を取り出して一本くわえ、ふんと笑った。

「この前だって、お茶引いてたじゃないか」

健史は何も答えず、これみよがしにカウンターを拭きはじめた。

「まあ、こう不景気じゃな」

客は煙草の煙を鼻から盛大に吹き出しながら呟いた。

健史は相手をせず、カウンターの中に入ると、洗いものを手早く片づけはじめた。酔っ払いの相手をしだすときりがないことくらい、このバイトをはじめて三年、厭《いや》というほど分かっていた。

「あんた、学生かい？」

中年男は、くわえ煙草で、ボックスからカウンターのほうへ移ってきた。

「ええ、まあ」

「大学生のバイトか」

「いや」

「まさか高校生じゃないだろうな」

「高校は出てますよ」

健史は渋々答えた。

「浪人か」

「まあそんなとこですね」

「昼間は予備校にでも通ってるのかい」

客はしつこかった。

「閉店なんですよ、お客さん」

健史は顔をあげて、じろりと客を見た。

客は年の頃は、四十二、三。失業中じゃないかな、と健史は踏んだ。着ている革のジャンパーは安物ではなかったが、ノーネクタイのシャツの襟首は垢で薄汚れている。白髪の目立ちはじめた髪には今はくし目が通っていなかったが、よく見ると、七三にしていた頃の分け目が残っている。

それに、前歯に治療した痕がある。数年前まではかたぎのサラリーマンか何かだったが、今は失業中、というところか。それに、「まあ、こう不景気じゃな」という男の呟きにも、妙にしみじみしたものがあった。

「分かってるよ。いいじゃないか、ちょっと話するくらい」

男は卑屈そうな笑顔を見せた。

「実はさ、おれも浪人中なんだよ。類は友を呼ぶってね。あんた、見たときふっと思ったんだよ。あ、同類だなって」

「さっきは大学生のバイトかって訊いたじゃないですか」

健史はにこりともしないで言い返した。

「そりゃ、いきなり、あんた浪人だろ、なんて言ったら失礼かと思ったからさ。でも、なんとなく匂いで分かるんだよ。自由人といやあ、聞こえはいいが、こう、社会に所属しないで生きている人種というのはさ」

社会に所属しない――その一言がグサリと健史の胸に突き刺さった。

「サラリーマンやってた頃は、給料明細見るたびに、なんで税金とか、厚生年金とか、保険料とかで、こんなに引かれなきゃならないんだって思ったこともあったが、今、考えてみれば、あれが社会に所属するってことの証《あかし》だったんだなって、つくづく思うよ」

男はそういって溜息をついた。

「それ、分かりますよ」

健史は思わずそう言ってしまった。

「おれも大学受験に失敗した年はまともに予備校に通ってたんです。そんときは、まだ予備校生だっていう自覚があったんです。世間ではそれで通りますしね。あなた、何ですかって訊かれれば、予備校生ですって答えればいい。それで相手は安心するというか、納得するでしょ」

「そうそう。どんなに小さくても何らかの組織に所属してるって言うと、他人はなぜか安心するんだよな」

男は大きく頷いた。

「でも、今はもう受験あきらめて、予備校にも通ってませんからね。人から身分訊かれると、ぐっと詰まっちゃうんです。もう学生でもないし、かといっていわゆる勤め人でもないし」

「そうか。やっぱりな。そんな気がしたよ。あんた、高校の頃はけっこう優等生だったんだろ」

男は打ち解けた声で言った。健史のほうも、この男と話すのがそんなに厭ではなくなっていた。

「まあね。あの頃はK大の理工学部狙ってましたから」

健史は肩を竦めて見せた。

「K大の理工学部か。凄いじゃないか」

「狙ったというだけで、結局、二度も失敗しましたから。最初から無理だったんですよ」

自嘲めいた笑いで口元を歪める。

「二度というと、今年は？」

男はたずねた。

「受けませんでした。大学はもうあきらめましたよ」

「そうか。気持ちは分かるよ。おれだってさ、今はこんな風になっちゃったけど、ほんの数年前までは、けっこう名の通った大会社の営業課長してたんだぜ」

「へえ、どこですか」

「ツカハラ産業」

健史の目がぎょっとしたように大きく見開かれた。

「ツカハラ産業？」

「知らないか」

「いや、知ってます、名前くらいは。不動産とか扱ってるところでしょ」

健史は俯いて洗い物の手を動かしはじめた。

「そこにいたんだよ」

「どうして辞めたんですか」

「辞めたんじゃない。辞めさせられたんだ。ほんのささいなミスを盾に、合理化の餌食にされたのさ。バブルがはじけて、人員整理したがっていた矢先だったから」

「そうだったんですか」

　二人の間でやや重苦しい沈黙があった。

「二十年近くも会社のために身を粉《こ》にして働いてきたというのに、退職金も満足に払わずにお払い箱だからな。いざとなると、冷たいもんさ、企業なんて。おかげで、女房には逃げられる。バブル時に無理なローン組んで買ったマイホームと借金だけが残ったってわけさ。おまけに、いまだに次の仕事も見つからないときてる。踏んだり蹴ったりとはこのことだ」

「大変ですね」

「今更、あんな冷たい会社に戻りたくもないが、せめて退職金くらいまともに払えって言いたいよ。二千万――いやとりあえず、一千万でいいんだ。それだけあればなんとか急場はしのげるんだが」

　男は暗い表情で溜息をついた。

「………」

健史は黙っていた。社会からおちこぼれた、という点では、この中年男とどっこいどっこいだが、少なくとも、金には困っていなかった。この店でのバイト代で、ワンルームの部屋を借り、日々の暮らしをするくらいはなんとかなった。しかも、昼間暇潰しにはじめたパチンコの腕前も最近めっきり上達したので、ちょっとした生活用品など、すべてこれで賄っている。

おまけに、健史の預金通帳には、かなりまとまった額の金が眠っていた。昨年、亡くなった母親がそれなりの遺産を遺していってくれたからだ。

膵臓癌《すいぞうがん》だと分かってから、母親の喜代《きよ》は、それまで女手一人で切盛りしてきた割烹《かっぽう》料理屋を人手に渡して財産を整理し、生命保険金と併せて、何千万という大金を遺してくれた。

「おまえには父親を与えてやれなかったから、せめて、お金くらい遺してやらないとね」

病院に見舞いに行ったとき、母は別人のように痩せ細った顔をほころばせてそう言った。

母はいわゆる未婚の母だった。健史の父親と知り合った頃には、既に相手には妻子がおり、結婚できないことを承知の上で、健史を生んだのだという。相手の男は、健史を認知して、母に店一軒与えただけで、それ以上のかかわりを持とうとはしなかった。

母が入院したときも、ただの一度も見舞いに来なかった。少なくとも、健史が病院で父と会うことはなかった。

さっき、「ツカハラ産業」と言われて、どきりとしたのは、実は、この父親の名前が、塚原幹雄《つかはらみきお》。ツカハラ産業の二代目社長その人だったからである。

「――あんた、昼間はなにしてるんだい」

男の声に、健史ははっと我にかえった。

「昼間ですか」

「予備校へ行ってないとすると、他にバイトでもしてるのか」

男はじっと探るような目で健史の目を覗きこんだ。底無し沼のような暗さを湛《たた》えている。うっかり見詰めようものなら、沼底にひきずりこまれてしまいそうな、そんな負のパワーを持っていた。

「昼までは寝ていて、あとは店に出るまでなんとなくブラブラしてますね。パチンコにいったり、ゲームセンターで遊んだり」

「つまり、何もしてないってことか」

男は健史の目から視線をそらさず、あごのあたりを撫でながら、唸るように呟いた。

「まあ、そんなとこですね」

「ここのバイト代はいくら貰ってる？」

「それが何か？」

健史は怪訝そうにたずねた。

「まあいいから。いくらだ」

健史はバイト代を言った。

「それだけの金、おれが払おうじゃないか」

男は何かを決心したような顔で突然言った。

「え？」

「バイト代だけじゃない。成功報酬として百万、いや五百万出す。三日だけ、おれに体を預けてくれないか」

体を預ける？　どういう意味だ。それに五百万だなんて、この男のどこをたたいたら、そんな大金が出てくるんだ。

「どういうことですか、それは」

「仕事を手伝って欲しいんだよ」

「仕事？」

失業中じゃなかったのか。

「一世一代の大仕事だよ。おれはどうしてもおれをこんな目にあわせた塚原のやつに一泡吹かせてやりたいんだよ。貰い損ねた退職金に利子をつけて取り戻したいんだ。いや、それだけじゃ飽き足らない。やつにもおれが味わったのと同じ苦痛を味わわせてやりたいんだ。やつに煮え湯を飲ませて、金を取る。これがおれのもっかの仕事さ」

「仕事って、どんなことをするんです」

健史はついそうたずねてしまった。興味をもちはじめていた。

男は半ば無意識のようにあたりを見回した。そして、人に聞かれたくないことを打ち明けるように、声の調子を落として、囁くように言った。

「キッドナップ」

「え？」

「誘拐だよ」

2

「誘拐？」

健史は驚いたように、相手の顔をまじまじと見た。

「あんた、塚原社長の家族を知っているか。著名人のファミリー紹介なんて週刊誌のコーナーで取り上げられたこともあるから、妻子の顔くらい、写真で見たことあるだろう？」

男はたずねた。

「いや、知りませんね」

健史は首を振った。本当に知らなかった。知りたくもなかった。塚原が健史や母の喜代に無関心だったように、健史のほうも、塚原とその家族にはけっして関心を持つまいと、母から父のことを打ち明けられたときに心に誓ったのだ。

「塚原には、一粒種の昌彦《まさひこ》という息子がいる。たしか十になるはずだ。二度めの妻との間に出来た子供だ。塚原は若い頃に一度結婚したが、このとき出来たのは娘で、これはとうに嫁に行っている。先妻をなくして、十一年前に、今の京子《きょうこ》夫人と再婚した。この京子というのが、某大物政治家の姪にあたる女で、塚原より三十も年下の美人だ。昌彦はこの夫人との間に出来た、塚原にとっては唯一の男の子供なんだが――」

違う。血を分けたという点では、おれだって父の子供だ、と喉元まで出かかった言葉を、健史はかろうじて飲み込んだ。

「塚原はこの昌彦という一粒種を目の中に入れても痛くないほど可愛がっている。そりゃそうだろう。唯一の跡継ぎで、おまけに年がいってから出来た子供だからな。可愛くないわけがない――」

「その子供を誘拐するというんですか」

健史は口をはさんだ。

「そうだ。鬼の塚原も血を分けた我が子には弱い。いわば、子供はあいつのアキレス腱だ。それを誘拐して身代金を要求すれば、一億だろうが十億だろうがスンナリ出すと思うね」

「でも、誘拐はやばいんじゃないかなあ。塚原はまず十中八、九、警察に知らせますよ。営利誘拐の成功率は低いっていうし、罪も重いでしょう？」

「そりゃ、やり方がまずかったからさ。おれの考えた方法だったら必ず成功する」

男は自信たっぷりに言い切った。

「おれの考えた方法って？」

「それは言えないね。あんたが共犯になるまではな」

「共犯……」

健史は思わず呟いた。

「いや、共犯といっても、あんたのやることは簡単なんだ。子供を誘拐するのも、塚原に連絡を取って金を受け取るのも、全部おれがやる。あんたはただ、子供のお守りをしてくれればいい」

「ということは、子供は殺さないんですね？」

健史は念を押すように言った。

「むろん殺さないよ。おれはこう見えても子供は好きなんだ。十やそこらの子供を殺すなんて、寝覚めの悪いことはしたくない。金を受け取ったら、子供は無事に返すつもりだ」

「でも、赤ん坊じゃないんだから、おれたちの顔や特徴を覚えてますよ。それはどうするんです？」

「なに、誘拐するときは、クロロホルムを嗅がせるし、あとは目隠しでもするか、こっちがマスクでも被っていればいい。顔さえ見られないようにしておけば大丈夫だ」

「もし、金の受け取りに失敗したときは？　そのときもちゃんと子供は返してやるんですね」

「ああ。そのときも子供は返すよ。この誘拐の目的は金だが、でも、金だけじゃないんだ。さっき言っただろう。おれはおれが味わった思いを塚原にも味わわせてやりたいんだって。あいつから、一粒種を奪って、たとえ三日間だけでもいい、あいつにも子供を失った苦しみを味わってもらいたいんだよ」

「あいつにもって、まさか、あなたの――？」

健史ははっとして言った。この男も子供を失ったことがあるのではないか、ふとそんな気がしたからだ。

男の目が暗く光った。

「ああそうだよ。おれにも息子がいた。生きていれば、ちょうど塚原のガキと同じ年頃だ。でも死んだよ。川にはまってな。おれが女房と離婚したのは、失業したからじゃない。おれが失業したことで、女房が働きに出たんだよ。あのとき、もし女房が今までどおり家にいたら、子供は外であんな事故に遭わなかったかもしれない。そう思うと、逆恨みと言われるかもしれないが、塚原のやつにも同じ思いを味わわせてやりたいんだよ」

「………」

健史の気持ちは揺れ動いていた。金だけが目当ての営利誘拐なら、男の誘いに乗ろうなんて気は起きなかっただろう。それほど金には困っていなかったし、誘拐がわりに合わない犯罪であることを知らないほど馬鹿ではなかった。しかし、目の前の男の、「塚原にも子供を失った苦痛を味わわせてやりたい」という一言が健史の心を激しく揺さぶった。

そうだ。あの男なら、塚原なら、そのくらいのことをされても当然ではないか。母をはじめ、多くの人間を泣かせて平然としていられるやつなのだから。

それに、目の前の男に、「同類」意識のようなものを感じはじめていた。子供は無事に返すという。殺しがからむなら絶対に御免だが、これはちょっとしたゲームのようなものだ。塚原に一泡吹かせるのも一興だ。やってみてもいいんじゃないか……。

ようやく健史の中で決心がついた。

「あんたの話に乗るよ、おれ」

健史は声を潜めて、きっぱりとそう言った。

「そうか」

男の目が輝いた。

「そういえば、まだ名前を言ってなかったな。おれは赤堀《あかほり》。赤堀一郎《いちろう》だ」

「おれは北川《きたがわ》健史」

健史は母かたの姓を名乗った。

3

車の停まる音がした。健史はソファから弾かれたように立ち上がると、別荘の窓から外を見た。樹木の隙間から、白いカローラが見えた。運転席のドアが開いて、サングラスをかけた赤堀が降りてきた。赤堀は後部座席のほうに回ると、毛布に包まれたものを抱えておろした。クリーム色の毛布のてっぺんから人間の頭髪のようなものが見えた。

健史は窓辺を離れると、表に出た。あたりは樹木に囲まれ、鳥の鳴き声がシャワーのように降ってくる。人の気配はもちろん、人家らしきものも見当たらない。赤堀の知り合いの別荘だという、この山中湖にあるログハウス風の建物は、三日間、子供を隠しておくには恰好の隠れ家といえた。

「まさか死んでるんじゃないでしょうね」

健史は、赤堀の腕の中にいる子供の顔をおそるおそる覗きこみながら言った。色の白い鼻筋の通った奇麗な男の子だった。少女のような長い睫毛が青ざめた頰に影を落としている。

「睡眠薬を注射して眠らせてあるだけだ」

赤堀はそう言って、眠っている子供を別荘の中に連れ込むと、さっきまで健史がいらいらしながら座っていたソファに毛布ごと子供を寝かせた。

「どこで誘拐してきたんです？」

健史は子供の寝顔を見ながらたずねた。

「学校の帰りを待ち伏せしてな、母親が事故に遭ったと騙《だま》して車に連れ込んだ」

車の中でクロロホルムを嗅がせて、いっとき意識を奪い、正気に戻るまでに手足を縛って、睡眠薬を注射し、毛布でくるんで、ここまで連れて来たのだと言う。

「あと一時間もすれば、帰りが遅いと母親が騒ぎ出す頃だろう」

赤堀はサングラスを取ると、眉間のあたりを指でつまみながら言った。

「それで、これからどうするんです？」

健史はたずねた。

「おれはすぐに東京に戻る。塚原との取引は向こうでするよ。あんたはここで昌彦の面倒を見ててくれ。そうだな。目が覚めたら、これでも食わせてやってくれ。あんたの分もある」

　赤堀はパンや牛乳の入ったビニール袋を埃だらけのテーブルに置いた。

「それと、例のマスク持ってきたか」

　健史にたずねた。

「ああ」

　健史は持ってきたデイパックから、フランケンシュタインのゴムマスクを取り出した。それを被ってみせる。

「よく似合うよ。子供の目が覚めたら、それを被ってたほうがいい。顔を見られたら、あの子を無事に返せなくなってしまうからな」

「分かってるよ。それより、この別荘、あんたの知り合いの持ち物だって言ってたけど、大丈夫なのか。まさか、誰か訪ねてくるなんてことはないだろうね」

　健史は不安そうに、また窓の外を見た。

「それはない。ここの持ち主は今外国にいるし、人が訪ねてくる可能性はまずない。シャワーもトイレも使えるようにしておいたし、電気も使える。ただ電話は使えないから、これを渡しておくよ」

　赤堀は携帯電話を取り出すと、それを健史に渡した。

「連絡はそれで取り合おう」

赤堀はサングラスをかけると立ち上がった。「じゃ」というように片手をあげると、出て行った。

車のドアのしまる音。エンジンのかかる音がしたかと思うと、その音は次第に遠ざかった。

あとは聞こえてくるのは、のどかな鳥の声だけだった。

健史は煙草をくわえて、百円ライターで火をつけると、ソファで眠っている子供の顔を見詰めた。

これがおれの弟か。母親こそ違うが、同じ父の血を引く弟だ。そう思うと、胸のあたりに白湯《さゆ》でも飲み込んだような生暖かいものが広がった。それは、お産をしたばかりの母親が、赤ん坊を見せて、「これがおまえの弟よ」と言ったら、きっとその小さな生き物を見ながら、こんな気持ちになるのではないかと思うような、不思議な感情だった。

少年の眉がかすかに寄せられた。「ううん」という声が口から漏れた。睡眠薬が切れはじめたらしい。健史は慌てて、フランケンシュタインのマスクを被った。

少年はぽっかりと目を開けた。不思議そうにあたりをきょろきょろと見回していたが、自分のほうを見下ろしているフランケンシュタインの顔に気づくと、恐怖に引きつったような顔になった。

「怖がるなよ。これはただのマスクだよ」

健史は思わず言った。あまり口をきくまいと思っていたが、怖がっている少年を見ると、ついそう言ってしまった。

「ここ、どこ？」

少年はたずねた。

健史は答えなかった。

「ぼく、誘拐されたの？」

「………」

「学校の帰り、サングラスかけたおじさんに車の中から声をかけられたんだよ。ママが事故に遭ったから、すぐに病院へ行こうって。それで、車に乗ったら、いきなり何かツンとするもので口をふさがれたんだ」

「………」

「ぼく、やっぱり誘拐されたんだね。お兄さんも、あのおじさんの仲間なの？」

少年は毛布の下でもがいたが、両手両足を縛られていることに気づいて、絶望したような顔で健史を見た。

顔は隠していても、贅肉のない痩せた身体つきや、ブルージーンズをはいた脚などから、健史がまだ若い男であることは察しがついたらしい。少年は、赤堀のことを「おじさん」と呼び、健史のことは「お兄さん」と呼んだ。

「ぼくのパパから、お金を取るつもりなんだね？　お金を取ったら、ぼくを殺すの？」

少年は怯えたように目をいっぱいに見開いている。

「殺しゃしないよ。おとなしくしていれば、すぐに家に帰してやる」

健史はそれだけ言った。

「うそだ」

「うそじゃない」

「誘拐された子供はみんな殺されちゃうんだ」

「それは騒いだり、逃げようとしたからさ。おとなしく言うことを聞いてたら、ちゃんと帰してやるよ、ママのところにな」

「本当？」

「ああ、本当だ」

「だったら、ぼく、おとなしくしてるよ。絶対逃げようなんて思わないよ。だから、お願いだから、手をほどいてくれない？」

「だめだ」

「鼻の頭がかゆいんだよ」

「……………」

「手だけ自由になったって、足が縛られたら逃げられないじゃないか」

怒ったように言う。それもそうだな。健史はしかたなく、毛布をはいで、少年の両手だけ自由にしてやった。

「ありがとう」

少年は嬉しそうに鼻の頭を掻いた。

「腹、へってないか」

「ううん。でも喉かわいた」

健史はビニール袋の中から、ストロー付きの紙パックの牛乳を出してやった。

「ぼく、牛乳きらいだ。ジュースない？」

「贅沢言うな」

少年は渋々牛乳にストローを突き刺すと、上目遣いで健史のほうを見ながら、チュウチュウと飲み出した。

「飲んでみるとうまいだろう？」

「まずい」

「牛乳を沢山飲まないと大きくなれないぞ」

「いいもん、大きくならなくたって」

少年は拗《す》ねたように口の中で呟いた。

「大きくなったら、パパの会社を継ぐんだろう。それなのにいいのか」

健史はからかうように言った。弟と話しているという実感がわいてきた。

「ぼく、継がないよ」

「え?」

「大きくなっても、ぼく、きっとパパの会社、継がないよ」

「そんなことないさ。おまえが厭がっても、パパが継がせるさ。たった一人の息子なんだからな」

健史は幾分苦い気持ちでそう言った。

「ぼく、違うみたい」

ストローをくわえたまま、少年がポツンと言った。

「違うって何が?」

「ぼくを誘拐しても、パパはお金を払わないと思うよ」

少年は妙に大人びた声で言った。

「まさか。そんなことあるもんか」

「あるよ。だって」

少年は俯《うつむ》いた。俯いたまま言った。

「ぼく、パパの子じゃないもの」

4

「パパの子じゃないって？」

　健史は驚いて言った。

「ママが浮気して出来た子なんだって。いつだったか、パパがママにそう言ってたよ。ぼく、こっそりドアの陰から聞いちゃったんだ。お兄さん、イデンシカンテイって知ってる？」

　塚原昌彦は不安そうな顔でたずねた。

「イデンシカンテイ？」

「うん。それをやると、ぼくとパパが本当の親子かどうか分かるんだって。パパはそれをやるつもりだって言ってた。パパはぼくがパパの子供だとは思ってないんだよ。その証拠にさ、パパは人が周りにいるときは、ぼくが可愛くてたまらないって振りしてるけど、二人っきりになると、凄く冷たいんだ。ぼくなんか目に入らないみたいに振る舞うんだよ。だから、きっと、パパはぼくのためにお金なんか払わないよ」

　健史はしばらく何も言えなかった。昌彦の言うことは本当だろうか。そう言われてみれば、ありそうなことのようにも思える。塚原と、今の夫人はたしか三十も年が離れていると赤堀が言っていた。塚原は今たしか六十一、二のはずだ。とすれば、妻の京子のほうは三十そこそこか。

結婚したとき、京子は二十歳かそこらで、塚原のほうは五十。まるで親子ほど年が違う。そんな年上の初老の男のところへ、二十歳くらいの娘が好き好んで来たとは思えない。おそらく、政略結婚に近いものがあったのだろう。京子にもっと若い恋人がいたと考えても少しも不思議ではなかった。それに、こうして見ると、昌彦の目鼻立ちには、写真でしか見たことはないが、塚原の面立ちを彷彿させるところは微塵もなかった。

もしこれが本当だとすると厄介なことになったな、と健史は腹の中で思った。赤堀は、こんなお家事情のことは何も知らないに違いない。だからこそ、目に入れても痛くない一粒種を誘拐すれば、塚原はどんな無理をしてでも子供を取り戻そうとするだろうと、単純に考えたのだ。

しかし、塚原が昌彦を周りが思っているほどには愛していないとしたら、誘拐されたと聞いて、そうスンナリ金を払う気になるだろうか。

このことは赤堀に知らせたほうがいい。そう思って、ちらと携帯電話のほうを見たが、あいにく東京での連絡先は聞いていなかったことに気がついた。「連絡を取り合う」というのは、赤堀のほうから一方的に電話をかけてくるという意味であったことに、今更ながら気がついた。

しかたがない。こうなったら、赤堀のほうからかかってくるのを待つしかないと腹をくくった。

その赤堀からの電話がかかってきたのは、それから一時間くらいしてからだった。十月の半ばともなれば、もうすでにあたりは薄暗くなりはじめていた。

電話の音に、健史は携帯電話に飛びついた。

「もしもし」

「おれだ、赤堀だ」

赤堀の声だった。雑音がかなり入っている。

「電話待ってたんだよ。知らせたいことがあるんだ」

健史はソファの上で眠っているように見える昌彦の様子を横目で窺いながら、小声で話した。

「どうした？　何かあったのか」

「うん、ちょっとね」

健史は昌彦が眠っているのを確認してから、電話を持ったまま隣の部屋に行った。

「なんだ。何があったんだ」

赤堀が心配そうな声を出した。

「さっき、昌彦から聞いたんだが、塚原は昌彦が自分の子供ではないと疑っているらしい。京子夫人が浮気をして出来た子供だと思ってるって言うんだ。周りが思っているほど、昌彦を可愛がっているわけじゃないらしい」

「……」

「もしもし？」

赤堀の返事がないので、健史は呼びかけた。

「聞いてるのか」

「聞いてるよ」

赤堀のそっけない声が返ってきた。

「あんた、知らなかったのか。塚原が昌彦の遺伝子鑑定までするつもりでいたことを？」

「それなら知ってた」

赤堀は冷静な声で答えた。

「知ってた？」

健史は思わず声を高めた。知ってた？　知ってたってどういうことだ。

「昌彦は塚原の子供じゃないよ。親子鑑定なんかするまでもない。あれは、京子夫人が結婚前から付き合っていた恋人との間に作った子供だ。たまたま血液型でばれるようなことはなかったので、何食わぬ顔して、塚原の子供として育てていたのさ。ところが、成長するにつれて、昌彦が自分に似たところが全然ないことに、塚原のやつ、ようやく不審の念を抱くようになったってわけさ」

「そこまで知ってて、塚原がスンナリ金を払うと思ったのか」

健史はかみつくように言った。何がなんだか分からなくなっていた。赤堀の最初の話では、この誘拐の目的は、金を取ること以上に、塚原にも愛する我が子を失う苦しみを味わわせてやりたいということだったではないか。しかし、塚原が昌彦にそれほど愛情を感じていなかったとすれば、赤堀の言う、「目には目を」の復讐は意味をなさないことになるではないか。

「払うね。塚原は金を払うよ。警察にも知らせず、こちらの言う通りの額をね。それは間違いない」

しばらくして、赤堀の含み笑いが聞こえた。

「なぜだ。なぜそう言い切れるんだ？」

「それはだな、塚原がおれに払う金は、子供を生かすための金じゃないからだ」

「それはどういう意味だ？」

健史はぎょっとして訊き返した。

「鈍いやつだな。まだ意味が分からないのか」

せせら笑うような赤堀の声。

「この誘拐計画を誰が何のために仕組んだと思ってるんだ？」

赤堀が言った。

「誰がって、あんたが――」

そう言いかけて、健史は黙った。赤堀じゃないのか。この誘拐を企てたのは。

「黒幕はおれじゃないよ」

「それじゃ、あんたがおれに話した身の上話は、あれは、みんなでたらめだったのか」

「全部でたらめだったわけじゃない。まあ、多少、嘘は混じっていたが。しかしな、これは、あんたにとってもけっして損な話じゃないはずだよ。いずれ、あんたがツカハラ産業の正当な後継者になるためにはね。それには、昌彦が生きていては困るだろう。あんたもあんたのおやじさんにとっても」

「おれのこと知ってたのか」

健史は愕然として言った。

「もちろんさ。あんな話を、偶然立ち寄ったスナックのバーテンに持ちかけるほど、お人好しに見えるかね。あんたが塚原さんの血を分けた息子だということは百も承知の上さ。だからこそ、話を持ちかけたんだ。あんただったら利害も一致する。必ず乗ってくると思ったからな。だが、安心しろよ。あんたの手は汚させない。あんたはただおれが戻るまで、そこでその子供の面倒を見ているだけでいい。あとはおれが始末をつける。なあに、睡眠薬で眠らせてから、首でも絞めれば、眠っている間にあの世に行けるさ。苦しませはしない。子供が苦しむのを見るのはおれだって好きじゃないからな。じゃな、あとは戻ってから話すよ」

そう言うなり、電話は一方的に切れた。

なんてことだ。そういうことだったのか。健史はもう少しで携帯電話を床にたたきつけるところだった。赤堀は昌彦を殺すつもりだ。最初からそのつもりで誘拐したのだ。会社の合理化の餌食になったとか、子供を事故で亡くしたなんてのは、健史の同情を買うための嘘八百だったのだ。赤堀という名前だって、おそらく偽名に違いない。健史は髪を掻《か》き毟《むし》った。

それにしても――

赤堀が言っていた「黒幕」というのは誰のことだ。考えるまでもない。決まってるじゃないか。これまでの話を総合すれば、一人しか考えられない。塚原幹雄その人だ。

赤堀は、彼が受け取る金は、「子供を生かすための金じゃない」と言った。あれはどういう意味だ。生かすための金じゃないなら、「子供を殺すための金」ということになる。

冷静になるにつれて、健史にも、やっとこの誘拐計画の裏の事情が飲み込めてきた。塚原は親子鑑定をするまでもなく、昌彦が自分の子供ではないという確証をつかんだに違いない。しかし、京子と離婚ということになれば、当然、その理由が取り沙汰される。プライドの高い塚原には、若い妻に裏切られたということを世間に知られるのは我慢がならなかった。だから、京子と離婚はできない。それに、彼女が大物政治家の姪とあれば、その関係からも離婚はできないのかもしれない。だからといって、自分の血を引かない子供に、将来、後継者の椅子は譲れない。そこで、昌彦が誘拐されたように見せかけて殺してしまうことを思いついたのだ。あるいは、自分を裏切り続けた妻への、これが彼流の報復のつもりだったのか。可愛さあまって憎さ百倍という。妻や子を溺愛していた分、裏切られたと知ったときの憎悪も烈しいのかもしれない。

周囲の人間たちは、塚原が昌彦を溺愛していると思い込んでいるから、犯人から連絡があったとき、塚原が昌彦かわいさのために、警察にも知らせずに、犯人に素直に金を渡したとしても、それほど不自然に思わないだろう。しかし、塚原が犯人に渡すのは、身代金ではなく、昌彦を葬り去る報酬なのだ。

5

隣の部屋から、「ううん」という昌彦の呻き声がした。うなされているような声だった。健史は昌彦の寝ている部屋に行った。

ソファの上の昌彦の顔が苦しそうに歪んでいる。顔は蒼白で、脂汗が滲み出ていた。両足を縛られた恰好で、くの字に身体を折り曲げてもがいている。かけてあった毛布は床に落ちていた。

「どうした？」

健史は声をかけた。

「お腹が、お腹が痛いよ」

昌彦はうっすらと目を開けると、苦しそうな息の下からそう言った。

「腹が痛い？　何か変なものでも食べたのかな」

健史はテーブルの上の食糧をちらと見た。パンも牛乳も、どれも古くなっているものはなかった。健史もこの中の幾つかは口にしたから、食べ物にあたったとは思えなかった。

「苦しいよ。ぼく、死んじゃうよ。お願い。足をほどいて」

昌彦は唸った。

まさか仮病じゃないだろうな。一瞬、健史はそう疑った。昌彦は目を覚ましていて、隣の部屋で、健史が電話しているのを聞いていたんじゃないだろうか。赤堀が話したことは聞こえなかったにしても、健史の応答のしかたで、本能的に自分が殺されるということを察知したのかもしれない。それで、こんな仮病を使って、隙を見て逃げ出そうとしているのではないか。そんな考えがちらと健史の頭をかすめた。

「トイレへ連れてってやろうか。出すもの出せば、腹痛なんかすぐに治る」

健史はそう言って、ソファから昌彦を立たせようとした。

「そんなんじゃないよっ」

昌彦は悲鳴のような声をあげた。顔色は死人のようだ。髪を濡らすほど汗びっしょりだった。額に手をやると明らかに熱がある。仮病とは思えない。しかも、この苦しみ方はただの腹痛には思えなかった。健史は、中学の頃、授業中に急に苦しみ出して、救急車で病院に運ばれて行った級友のことをふいに思い出した。

昌彦の苦しみ方はあのときの級友の苦しみ方に似ている。たしか、あの友人は急性虫垂炎、俗に言う盲腸炎だった。

もしかして、盲腸炎か。

昌彦はソファから転げ落ちんばかりにして、苦しがっていた。

「た、助けて。ぼく、死んじゃうよ……」

川に流された子犬のような目で、おろおろしている健史を見上げた。

健史の頭に走馬灯のようにさまざまな考えが浮かんでは消えた。もし盲腸なら、早く医者に見せないとまずい。手当が遅れれば、腹膜炎を併発して、命取りになることもあると聞いたことがある。健史の目が隣の部屋に走った。あそこの携帯電話で救急車を呼ぼうか。

しかし、そうすると、当然、この誘拐計画は失敗ということになる。病院では、昌彦の姓名、住所を知りたがるだろう。親に連絡を取ろうとするだろう。昌彦の口から、

「誘拐された」と言われればそれまでだ。それに、もしこの誘拐計画の黒幕が塚原だとしたら、塚原が金を払うのは、昌彦の死に対してだから、殺すどころか、生かすために病院に連れて行ったことが分かったら、一文も入らないことになる。

いや、目先の金のことはどうでもいい。もともと金目当てで、この計画に加担したわけではないのだから。さっきの赤堀との電話で、健史の心のなかに、ある黒い野心が芽生えはじめていた。健史の心にはいりこんだ悪魔がそっと囁いた。ここで昌彦が死ねば、塚原には男の後継者はいなくなる。六十を過ぎた塚原がこれから子供を作るのは難しいだろう。そうなれば、塚原は今まで洟も引っかけなかった、いわば妾腹の健史を、自分の血を引く唯一の男の子供として見直すのではないか。赤堀もそんなことを言っていたではないか。健史が、塚原の正当の後継者になるのだ。

今、昌彦を助けるのは、健史にとって、損にこそなれ、得になることは何もないのだ。見て見ぬ振りをしていればいい。なに、盲腸炎くらい、軽い発作でおさまることもある。何も病院まで連れて行く必要はないさ。健史の中に忍び込んだ悪魔がそう囁き続けた。

「お兄さん、お願い。救急車を呼んで。ぼく、誘拐されたなんて絶対に言わないから」

昌彦は脂汗を流しながら訴え続けた。

その声で、一瞬悪魔に支配されそうになった健史の頭が正気に戻った。誰かに「馬鹿っ」と一喝されたような気がした。亡くなった母の喜代の声に似ていた。母の口癖だった言葉がふいに健史の脳裏に蘇った。

情けは人のためならず。

母はこの言葉がなぜか好きで、事あるごとに口にした。情けは他人のためにかけるんじゃない。それは自分のためにかけるんだよ。母はそう言った。それは見返りを期待して、他人に親切にするという意味ではなかった。自分がされたいと思うことを人にすればいい。そうすれば、たとえ何の見返りがなかったとしても、それだけで、自分が幸せになれる。母はいつもそう言っていた。母の人生はまさにこの言葉どおりだった。結婚できないことを承知の上で健史を生み育て、塚原に対しては、恨み事ひとつ言わなかった。母が父を愛したのは打算でもなんでもなかったからだろう。父からの見返りは、認知と小さな割烹料理店一軒という以外に、何もないに等しかったが、それでも母は自分の心に正直に生きたことに満足して死んでいった。もし、健史がここで、いっときの欲望に負けて、昌彦を見殺しにするようなことをすれば、一番悲しむのはこの母かもしれない。

そう思った瞬間、健史は隣の部屋に駆け込んで、携帯電話を取り上げていた。１１９をためらわずに押した。

6

昌彦の手術が終わったあとで、一週間もすれば恢復《かいふく》するだろうという医師の説明を聞いてから、健史は病院を出た。意識を回復した昌彦はおそらくすべてを病院の連中に話し、家族に連絡が取られるだろう。このまま、東京に帰ってしまおうかと思ったが、救急車に乗り込むときに慌てていたので、デイパックを別荘に置き忘れたことに気がつくと、健史はタクシーを拾い、それで別荘に戻った。

暗がりの中に白い車が停まっているのが見えた。赤堀が戻っているらしい。

「どこへ行ってたんだ？」

中へ入るなり、昌彦が寝ていたソファに座っていた赤堀がたずねた。なんとも皮肉そうな笑みが不精髭の浮き出た口元に浮かんでいる。

「何度電話しても出ないもんだから、まさかと思って来てみたら、もぬけの殻だ。ガキはどうした？」

赤堀はあたりを見回しながら言った。

「病院だよ」

健史は疲れた声でそういって、床に転がっていたデイパックを拾いあげた。

「病院？」

赤堀はぽかんとした表情をした。

「盲腸だよ。盲腸炎で急に苦しみ出したから、救急車で病院に連れて行った。さっき手術を終えたところだ」

「なに――」

赤堀の目がゆっくりと見開かれた。

「それで、昌彦の容体は？」

「大丈夫だ。一週間もすれば退院できるそうだ」

「そうか」

赤堀の顔にほっとしたような色が浮かんだ。

「あんたも大間抜けだな。なんでほっとかなかったんだ、盲腸くらい。電話で話しただろう。あのガキは生かして返すつもりはなかったってさ。別に盲腸で死んだってよかったんだ。これで何もかもオジャンじゃないか」

「塚原から金を受け取ったのか」

健史は冷ややかな声でたずねた。

「いやまだだ。これで金は受け取れなくなったぜ。昌彦が生きて、よりにもよって病院にいると知ったら、塚原が金を出すわけがないからな」

赤堀は肩を竦《すく》めた。

「黒幕は本当に塚原なのか」

「まあな。塚原はあんたを後継者にしたがっている。今度の誘拐計画は失敗したが、その気持ちに変わりはないだろう」

「それじゃ、塚原に言ってくれよ。あんたは、昌彦の代わりに、もう一人の息子のほうを殺したんだってな」

「あんたにその気はないのか」

「ないね。おれにもう父親はいないよ。いたのは母親だけだ」

そう言うと、健史はドアを開けて出て行こうとした。

「おい、待てよ。まだ話は終わってないぜ」

赤堀が妙に静かな声で呼びとめた。

健史はそれでもかまわず、外に出て行こうとした。

「待てと言ってるだろ。あんたを帰すわけにはいかないんだよ」

赤堀が言った。振り向くと、赤堀の手には拳銃が握られていた。

「よせよ。そんな玩具《おもちゃ》振り回して、おれが言うこときくと思ってるのか」

健史は苦笑した。

「これでも玩具だと思うか」

赤堀はそう言って、その拳銃で、手近の花瓶をふっとばした。

「この花瓶みたいになりたくなかったら、ドアを閉めて、そこに座れ」

健史は、木っ端《こば》みじんに割れた花瓶のほうを、やや怯えた目で見ながら、それでも虚勢を張った。

「まだ何の話があるっていうんだ」

「肝心な話はまだ何もしてないんだよ。今までおれが話したことは全部でたらめだ。この誘拐計画の黒幕は塚原じゃない」

赤堀はせせら笑いながらそう言った。健史はなんとなく厭な予感がした。この赤堀という男、全く信用がおけないという気がした。

「どういう意味だよ」

「それをこれからゆっくり話してやるよ。まあ、立ち話もなんだ、そこへ座れよ」

赤堀はあごで椅子を示した。

健史はしかたなくそうした。

「塚原は今度の誘拐計画のことは何も知らない。彼は被害者にすぎない。可愛い息子を誘拐したと電話で伝えたら、かなり動揺してたよ。あの様子だと、警察には知らせずに金を用意するんじゃないかな」

赤堀は言った。

「何言ってるんだ。黒幕が塚原じゃなきゃ、一体誰がこんな猿芝居を仕組んだんだ?」

「まあ、言っても信じないだろうな」

赤堀は呟くように言った。

「この誘拐計画の筋を考え、おれに持ちかけたのはな――」

赤堀はちょっと笑ってから言った。

「塚原昌彦だよ」

「昌彦って――」

健史はさすがに目を剝いた。

「あのガキだよ。あんたが病院に連れてったって言う、あのガキが黒幕だったんだ」

「でたらめ言うな」

「でたらめじゃない。これが真実だ。あれはたいしたガキだよ。まだ十だが、外見と年齢に騙されちゃいけない。へたな大人よりよっぽど知恵のまわる子供だ」

「つ、つまり、こういうことか。昌彦は自分をわざと誘拐させて、父親から金を奪い取ろうとした――」

あるいは、父親の愛情の深さを試そうとしたのか。混乱する頭で、そんなことをちらと健史は考えた。それなら、十歳の子供の考えそうなことではある。

「そうじゃないよ。あんた、まだ何も分かってないんだな」

赤堀は哀れむように、拳銃を健史のほうに向けたまま言った。

「おれたちが誘拐したのは昌彦じゃない」

「昌彦じゃない……？」

「そうだ。昌彦じゃない。やつは誘拐したほうなんだよ」

「だ、だってさっき、塚原に、可愛い息子を誘拐したって――」

「そうだよ。塚原の息子は昌彦だけじゃない。もう一人いるじゃないか。あんたもよく知ってる人物だ」

赤堀はおかしくてたまらないというように笑った。

「ま、まさか」

「そのまさかさ。おれたちが誘拐したのは、あ、あ、あんた、だ、だ、だったんだよ、よ」

7

おれ？

健史は頭が痺れたようになって、何も考えられなくなった。おれが誘拐された？

「あんたは昌彦を誘拐したつもりになっていただろうが、誘拐されていたのは、あんたのほうだったんだよ。昌彦なら、昨日から四国に引っ越した友達の家に二泊三日の予定で遊びに行っていることになっている。昌彦はな、誘拐されたような振りをして、ずっとあんたがこの別荘から逃げ出さないように見張っていたんだ。逆だったんだよ、あんたが考えていたのとは役割がな。ところが、あいつもまさか、自分のたてた計画のさなかに、盲腸炎で入院するはめになるだろうとは夢にも思わなかっただろうな。今頃、意識を取り戻して、歯軋《はぎし》りしてるぜ」

「どういうことなんだ。もっとちゃんと話してくれ。おれを誘拐したってどういうことなんだ」

健史は喘ぐように言った。

「なんだ、まだ分からないのか。昼間電話で言っただろう。あれはでたらめじゃない。昌彦が塚原の子供ではないことは本当だ。一年ほど前から、ひょんなことから、塚原がそれを疑い出したこともな。この一年間というもの、塚原は、そのことで、京子と言い争うことが多かったらしい。昌彦は両親が言い争うのを聞いてしまったんだ。おまけに、塚原が親子鑑定までして、白黒つけたがっていることも、塚原には、もう一人、昔付き合いのあった女に生ませた二十歳になる息子がいることもな。そして、もし昌彦が実の子ではないと分かったら、京子と離婚して、このもう一人の息子のほうと暮らすつもりでいたことも。いわば、父親をもう一人の息子――あんたのことだよ――に盗られたという嫉妬と、このまま塚原の家の子供でいたいという気持ちが、昌彦にこんな誘拐計画をたてさせたんだろうな。あんたを誘拐したと言って、塚原から身代金を奪い、そして――」

赤堀はふっと黙って、にやりとした。

「あんたは死体になって発見される。そういう筋書きだったんだよ。殺されるのは昌彦じゃなくて、あんたのほうだったんだ。あんたが死ねば、塚原の愛情が前のように自分に戻ってくると思ったのかもしれないな、昌彦は。どうだい。これで分かったか」

「つまり、誘拐計画はまだ続いているってことなんだな。おれはまだ誘拐されたことになっていて、父は金を払うかもしれない。そのあとで――」

健史の脇の下からじっとりと冷汗が流れた。

「そうだ。今度はやけに物分かりがいいじゃないか。死体になって、涙にかきくれる父親とご対面というわけだ」

赤堀はそう言って、両手で拳銃を持って、健史の頭を狙った。

健史は金縛りにあったように動けなかった。逃げようとしても、この距離では、弾はどこかに当たる。近隣に他の別荘はないし、シーズンオフだから、たとえ銃声を聞いても駆けつけて来る人はいない。

こんなことなら、デイパックを取りになんか戻ってくるんじゃなかった。あのまま逃げていればよかった。

赤堀の指が引金にかかった。それがゆっくりと引かれた。健史は思わず目をつぶった。

カチッという音。目を開くと、赤堀が歯を見せて笑っていた。

「弾は入ってないよ。さっきのでおしまいだ。あんたを殺す気はない。いや、殺す気はあったけれどね。もし、あんたが昌彦を見殺しにしても平気な人間だったら、おれは、ためらわず、あんたを殺すつもりだった。他人の命を粗末にできるやつは、自分の命を粗末にされても自業自得というものだからな。でも、あんたは昌彦の命を助けようとした。盲腸炎だって馬鹿にはできない。手当が遅ければ死ぬことだってあるからな。いや、たぶん、あんなアクシデントがなくても、あんたはあいつを助けようとしただろう。そういう人間を一方的に葬るのは、おれの流儀にあわないんだよ。これでおあいこだ。どこへでも行くがいい」

　赤堀は拳銃を投げ捨てると、両手を広げて見せた。

「あんた一体何者なんだ。赤堀っていうのも偽名なんだろう」

　健史は椅子から立ち上がりながら言った。

「さあね」

「父の会社に勤めていたというのは嘘なんだろ。父のせいで子供を失ったというのは？」

「勤めていたというのは嘘だが、塚原のせいで子供を失ったというのは、ある意味では本当だ。そのことで塚原を恨んだこともある。でも必ず取り戻してみせるよ。塚原にはもう昌彦も京子も必要ないはずだからな。今のあいつに必要なのは、たぶん、あんただよ」

赤堀の声を聞きながら、ドアを閉めかけた健史はあっと思った。なぜ気がつかなかったんだろう。昌彦の顔は塚原には似ていなかったが、誰かに似ていた。塚原京子が結婚前から付き合っていた恋人というのは、もしかしたら——

そういうことだったのか。京子は浮気をして昌彦を生んだわけではなかったのだ。

健史は閉めかけたドアを開けた。

「言い忘れていたが、昌彦の入院している病院は——」

中にいる赤堀に病院の名前を言った。赤堀は黙って頷くと、

「それを教えてくれた礼にあることを教えてやろう。塚原の最初の妻が病死したとき、塚原はあんたのおふくろさんを正式にうちに入れようとしたんだそうだ。だが、その頃、まだ生きていた先代が反対した。それを知ってか、あんたのおふくろさんは塚原の申し出を断った。そのことを知っていたか」

「いや……」

健史は茫然としながら首を振った。父が母と結婚しようとしていた？　そんなことは母から聞いたこともない。父からは無視され続けてきたとばかり思っていた。

「お互い、どっかで人生が狂ってしまったようだな。あのとき、塚原があんたのおふくろと再婚していたら、おれと京子が別れることもなかっただろうから」

「でも、やり直せるよ。今からだって遅くない」

健史は言った。

「そうだな」

赤堀も考えこみながら、そう答えた。

ここを出たら、塚原に会いに行こう。健史はそう思った。

無性に父に会いたかった。

そして、亡くなった母のことを話そう。母が好きだった言葉のことを。母の口から子守り歌のように繰り返された、あの一言が、健史の命を救ってくれたということを。

ゴースト・ライター　CALL FROM GHOST

1

千次《せんじ》の仕事部屋に入ると、美川《みかわ》なおみは、相場師のような目付きであたりを見渡した。椅子の位置、壁に掛かった水彩画の角度。本棚に並べられた本。どこか違っているところはないか。前に来たときと変わっているところはないかと、素早く点検した。

変化はなかった。

あれから千次が現われたような痕跡は見られない。

やっぱり奇跡は起こらなかったのか。

絶望感を抱きながら、なおみの目は、机の上のワープロに止まった。午後の日射しを受けて、ダークグレイのワープロは無機的な輝きを放っている。

コートも脱がずにワープロのそばに歩み寄ると、祈るような気持ちで、電源を入れた。右手の手袋を口ではずし、わななく指でキーボードを操作する。明るくなった液晶画面に、差し込んだままになっていたフロッピーディスクの内容を映し出す。

画面を食い入るように見詰めていた目は次第に光を失った。

入ってない。

何も入ってない。

締め切りは明日なのよ。

千次が死んでから、三カ月も中断していた連載物の締め切りは明日なのだ。もう逃げも隠れもできない。

なおみは、狂ったように、机の引き出しを全部引き抜いて、保存してあったフロッピーを片っぱしから調べてみた。

どこにも百枚分の小説は入っていなかった。

千次は現われなかったのだ。

なおみは髪を掻き毟った。

なによ。

あれはただの冗談だったの。

死んでもきみのそばにいる。きみを守ってみせる。幽霊になって小説を書き続ける。

これが本当のゴースト・ライターだなんて、カッコいいこと言ってたくせに。

このざまはなに。

あんたに突然死なれて、あたしは窮地に立たされているのよ。あれから何も書いてないのよ。最愛の夫に急死されて、そのショックでなんてごまかしてきたけれど、もうごまかしきれない。

仕事はたまるばかり。せめて、『小説L』の原稿だけでも明日中に渡さないと、あたしはもう終わりかもしれないんだよ。

どうしてくれるのよ。

これからだっていうときに。

こんな結果になると分かっていたら、あのとき、あんなこと思いつかなければよかった。

なおみは頭を抱えてうずくまった。

2

三年前まで、なおみはごく平凡な二十四歳のOLで、千次は、出世欲のまるでない、三十五歳の平サラリーマンだった。

一年近い交際を経て、千次はなおみにぞっこんになり、なおみのほうは、そんな千次に飽き飽きして、そろそろ潮時だと思っていた。

あの日も本当は別れ話をしにこの部屋を訪れたのだ。しかし、千次は留守だった。合鍵を持っていたから、中に入って待っていた。

千次はなかなか帰ってこなかった。なおみは退屈していた。退屈しきったなおみの目がふととらえたのは、千次の机の上に載っていたワープロ文の原稿の束だった。

千次はサラリーマン業の傍らで、せっせと小説を書き、あちこちの新人賞に応募していた。本業に身が入らないのも、あわよくば、賞を取って作家になろうなんて思っていたからだろう。

一度、読ませてもらったことがあるが、勿体振った表現が多いわりには、ストーリーの起伏が乏しく、面白おかしくもない千次の小説は、なおみを死ぬかと思うほど退屈させた。

だから、あのとき、退屈しのぎに千次の小説を読んでみようという気になった自分の気まぐれを、なおみはいまだに不思議に思っている。

ようするに魔がさしたのだろう。

ところが、なんの期待もしないで、読みすすむうちに、なおみは驚いた。意外にも面白かったのだ。時間がたつのも忘れて読みふけるほどに。

話は十六歳の女子高校生の日常を書いたもので、主人公の「あたし」がじつに生き生きと魅力的に描かれていることと、小説の核になっているあるエピソードが、空想だけではけっして思いつかないようなリアリティを備えているために、ありがちなストーリーがとても新鮮に感じられた。

文章も、以前の勿体振った重苦しさが拭ったようになくなって、まるで本物の女子高校生が書いたような若々しい生命力に溢れている。

面白いじゃない。

なおみは思わず呟いた。

まるで別人が書いたようだ。

あのヌーボーとした千次にこんな才能が隠されていたとは。

これならいける。

小説のことなど何も分からなかったが、なおみはそう直感した。動物的な勘は人一倍鋭いほうだった。

別れ話をするつもりで来たのだが、これは少し考えなおす余地ができたようだ。うだつのあがらない平サラリーマンの千次にはなんの魅力も感じないが、売れっ子作家としての才能を秘めた千次なら話は別だ。

最初は作家夫人としての自分の将来を思い描いて、ひとりでほくそ笑んでいたが、そのうち、ある考えが頭にひらめいた。

これをあたしの名前で応募したらどうだろう。

作家夫人なんてケチなこと。あたし自身が作家になってしまうのだ。

主人公の「あたし」には、容姿といい、性格といい、十代の頃のなおみを思わせるところがある。千次は明らかになおみをモデルにしていた。おまけに、この小説の核になっているエピソードは、彼女が実際に高校生のときに体験したことだった。いつだったか、寝物語に千次に話したことがある。千次は、それを勝手に使ったのだ。この小説の命は、あくまでも、主人公の魅力と、エピソードのリアリティにある。この二つがなければ、ストーリー自体は、平板でありふれた話でしかない。

ということは、つまり、これは、あたしの小説なのだ。書いたのは千次でも、本当の作者はあたしということになるではないか。

なおみはそう結論づけた。

あとは迷わなかった。千次の本棚から何冊か雑誌を引っ張りだし、そこから、適当な新人賞を選び出し、自分の名前と略歴を書き加えて、ポストに投函するだけでよかった。

原稿を勝手に応募してしまったことを知ったら、千次はむろん怒るだろう。しかし、いくら怒っても、うまく言いくるめてしまう自信があった。最後はいつだって、あたしの言いなりなのだ。なおみは千次という男を完全になめきっていた。

その夜、同僚に誘われて珍しくハシゴをしてきたという千次は、話を聞くと、酒気を帯びていた顔が真っ青になるほど怒った。

「どうしてぼくに一言《ひとこと》の相談もなく、そんな勝手なことをした。あれはね――」

そうどなる千次を、なおみは冷たい目で平然と見返した。

「あなたが応募するつもりだったたって言いたいんでしょ。分かってるわよ。でもね、ちょっと冷静になって考えてみて」

劣等生を諭す教師のように、なおみは言った。

あの小説なかなか良かったわ。あれなら、賞を取るのも夢じゃない。あたし、確信があるのよ。あれが新人賞を射止めるだろうってね。でも、問題はそのあとよ。もし、めでたく入選したらどうなる。あれは本になって大々的に売り出されるわね。あなたの写真付きで。読者はどう思うかしら。花も恥じらう十六の女子高校生が書いたんだと錯覚しながら読む人も中にはいると思うわ。フィクションだと分かってても、一人称で書かれた小説ってそういうものなのよ。「私」とあると、どうしてもイコール作者だと読者は思いがちなのよ。その気でつい読んでしまうの。でも、いずれ錯覚からさめる。作者が魅力的な女子高校生なんかじゃなくて、しょぼくれた三十五のおじさんにすぎないってことが分かってね。

中身が肝心で、作者のイメージなんか二の次だっていうの？　はっ。甘いわねえ。作者のイメージっていうのは、菓子箱を包む包装紙みたいなものよ。同じ中身なら、包装紙が安っぽかったりみすぼらしかったりするより、豪華で華麗なほうがいいに決まってる。

いつだったか、友達が言ってたわ。凄く繊細で耽美的な作風の短編を雑誌で読んで、すっかりその作者のファンになったのに、あとで作者の写真を見てがっくりきたんだって。てっきり色白端麗な容貌の持ち主かと思っていたら、なんとその作者、マウンテンゴリラみたいな顔してたんですってさ。二度と読むかって彼女言ってたわ。

そういうものなのよ。

みんなアイドルを求めているの。スターを求めているのよ。

それは出版界だって例外じゃない。残念だけど、あなたではスターにはなれないわ。いつも冴えない恰好して、人前に出るのが嫌いだし、才気煥発な会話もできないじゃない。

でも、あたしならそこんところをそつなくこなす自信がある。それに、あたしのほうが、あの小説の作者としてずっと似つかわしいとは思わない？　あなたではギャップがありすぎるのよ。

だからね、もしあれが入選して、デビューできたら、二人三脚で行くのよ。表向きの作者はあたし。書くのはあなた。あれが世に出れば次々と依頼がくるわよ。そのうち、雑誌の対談とか、テレビ出演とかいう話だってくるわ。あなたにそんなことまでこなしきれる？　書くので精一杯でしょ。大丈夫。外交は全部あたしがやってあげるから。そのためにもあたしが作者ということにしたほうがいいのよ。わかった？

てな調子で、なおみは、千次をもちあげたり、くさしたりしながら説得した。はじめは酸欠の金魚のように口をパクパクさせていた千次は、そのうち、説得されてしまったのか、萎《しお》れた花のようにうなだれた。

そして最後のとどめは一言ですんだ。

それからね、もし二人三脚で行くとしたら、赤の他人というのはまずいかもね。この際だから、あたしたち結婚したほうがいいと思うの。

うなだれていた千次が、この一言で生き返った。ここ数カ月、千次がためらいがちに何度となく口に出し、そのたびになおみがはぐらかしてきた単語だった。

「結婚」

向井《むかい》千次はこの単語の威力の前に完全に屈服した。

3

そして、数カ月後。

例の小説は、なおみが予想したとおり、ある新人賞を見事に射止め、超ミニスカートに革のブーツという颯爽としたいでたちで授賞式に現われた二十四歳の「才媛」は、作品以上の話題をさらった。

小柄だが、均整の取れた身体に、どことなく牝猫のようなコケティッシュな雰囲気を漂わせたなおみは、あっと言う間に、出版界だけでなく、マスコミの寵児に祭り上げられた。

デビュー作は大ベストセラーになり、すぐに映画化が決まり、しかも、小説にはなかった主人公の姉役などというものが勝手に作られて、その役がなおみ本人に回ってきた。ベストセラーの映画化で、おまけに作者自らが出演とあれば、話題性充分。作られる前から、大ヒット間違いなしと言われた。そして、むろん、映画は大成功を収めた。

それからというもの、なおみのもとには、執筆依頼は勿論のこと、テレビ出演、ＣＭの話まで舞い込むようになった。

ちょっとしたアイドルスター並みの扱いだった。

私生活では、千次の籍には入ったものの、独身のイメージを崩さないために、なおみは南青山の新築マンション、千次は今までどおり、高円寺の２ＬＤＫの中古マンションという具合に別居生活を続けながら、それでも順調すぎるくらい順調に二人は二人三脚を続けていた。

こうして三年がすぎた。

ところがである。

順風満帆だとばかり思っていたなおみの人生に、青天のヘキレキのような事件が持ち上がった。

ある朝、仕事場にこもっていた千次が、ベッドの中で冷たくなって発見されたのである。

死因は睡眠薬中毒だった。

なおみにとっては、寝耳に水どころか、硫酸を注ぎ込まれたような事件だった。

葬儀のとき、千次が癌ノイローゼにかかっていたらしいと教えてくれたのは、千次の高校時代の友人で、魚住陽子《うおずみようこ》という女性だった。

千次は亡くなる数日前に、この友人のもとを訪ね、不安そうな表情で、「まだ病院には行ってないが、胃癌かもしれない」と打ち明けたというのだ。

そういえば、しばらく前から、会うたびに胃の具合がおかしいとは漏らしていたが、まさか癌ノイローゼにかかっていたとは知らなかった。

もっとも、自殺とは考えにくいから、不安を紛らわせるために、つい睡眠薬に手を出したのだろうと思われた。

しかし、結局のところ、千次は癌ではなかった。胃潰瘍にすぎなかった。それは、変死ということで遺体が解剖されたとき、医師によって確認されたことだった。

なんて馬鹿な男だろう。

本当に癌ならともかく、ノイローゼで死んじゃうなんて。

早すぎる。

早すぎるよ。

あんたにはもっともっと書いてもらわなきゃならなかったのに。

ゴースト・ライターがいなくなったら、あたしはどうしたらいいのよ。

呑気に死んでる場合じゃないよ。

弔問客が帰ったあとで、お棺の蓋を足で蹴飛ばして、千次の遺体を引きずり出し、胸ぐらつかんでそうわめきたかった。

千次が亡くなって一カ月くらいは、夫の急死にショックを受けた未亡人の役を演じきって、執筆中断の言い訳にしてきたが、いつまでもそんな手は通じない。

ほとぼりがさめると、中断していた連載の矢のような催促、毎日のようにかかってくる執筆依頼の電話に、今度はなおみのほうがノイローゼになりそうだった。

ご心痛なのはよく分かりますが、短いエッセーくらいならチョコチョコチョコッと……。

そんなこと言われても、なおみには、チョコチョコどころか、一生かけたってエッセーひとつ書けないのだ。ましてや、千次のあの独特な文章など、逆立ちしても真似できなかった。

なおみは焦った。

美川なおみの爆発的な人気は、若さ、美貌、才能の三拍子が揃っていることに支えられているのだ。

映画出演、テレビ出演と派手に飛び回っているように見えても、書くものはしっかりしている。華やかな外見のわりには中身が堅実。いわゆるタレント作家とは一味違うぞというイメージがなおみの売り物だったのだ。しかし、このまま書くのをやめてしまったら、間違いなく、スター作家の地位から転げ落ちるだろう。

ああ、せめて、千次のゴーストでも現われてくれたら。

そう祈らずにはいられなかった。

一縷《いちる》の望みにすがる思いで、千次が死んでも、仕事場として借りていたマンションをすぐに解約せず、今までずっと家賃を払って借り続けてきたのだ。

彼がいつゴーストになって現われてもいいように。

しかし、三カ月たっても千次は現われなかった。

もうおしまいだ……。

そう呟いたとき、机の上の電話が鳴った。

なおみはぎょっとして顔をあげた。

誰がかけてきたのだろう。

この部屋の借り主が三カ月前に死んだことは、友人知人なら知っているはずなのに。

間違い電話か、何かの勧誘か。

そんなことを思いながら、それでも、なおみは受話器を取った。

「もしもし？」

力のない声で言う。

「なおみか？」

相手はいきなり言った。

女の声だった。聞き覚えがあったが、誰だかは思い出せない。親しい友人ではない。それにしても、いきなり呼び捨てとは失礼な。

「どなたですか」

なおみはむっとして、冷たい声を出した。

「ぼくだよ」

女の声はそう言った。

「ぼく？」

「ぼくだよ。わからない？」

黙っていると、女はくすくす笑いながら付け加えた。

「千次だよ」

4

なんですって。

おかしいんじゃない、この女。

「変な悪戯はやめてください。向井千次なら亡くなりました」

なおみは頭に来て、電話を切ろうとした。

「待って。切らないでくれ。これは悪戯《いたずら》なんかじゃない。ぼくは千次だ。きみが信じないのも無理ないよ。きみの耳には女の声にしか聞こえないだろうからね。でも、この声に聞き覚えない？」

「……………」

「ほら、おぼえてないかな。魚住陽子。ぼくの高校時代からの友人」

ウオズミヨウコ？

ああ、あの女か。なおみはやっと思い出した。葬式に来て、千次がノイローゼだったと教えてくれた女だ。

「今、彼女の体を借りてしゃべってるんだ」

「体を借りてる？」

なおみは思わず頓狂な声をあげた。

「そうなんだ。ぼくは彼女の体に入りこんだんだよ。それでようやくきみに連絡が取れるようになったんだ。三カ月も待たせてごめん。こうなるまでに、いろいろ面倒なことがあってさ」

なおみは魚住陽子の顔を思い出した。

化粧っけのない顔に、小さな目と長いあご。痩せてごつごつした体は、会った瞬間、骸骨の標本が黒い布を巻きつけて出てきたのかと思ったくらいだ。

およそ魅力のない女だった。千次は、図書館の司書をしているというあの女と、高校時代からずっと友人だったと言っていたが、たしかに、二十年近くも、異性と「純粋な友情」を保っていられそうなタイプだった。

しかし、あの真面目だけが取り柄みたいな女が、千次の振りをして奇怪な電話をかけてくるというのも合点が行かない。

「でも、つかまってよかった。きみのマンションに電話かけたんだけど、留守だったんで、もしかしたらと思ってそっちにかけてみたんだ。例の原稿、明日が締め切りだったね？」

しかし、なおみの戸惑いも、相手の次のような言葉で吹っ飛んだ。

「原稿って、『小説L』の？」

受話器を持ち直して嚙みつくように訊く。

「もちろんそうだよ。百枚だったね。あと、二、三枚で仕上がるよ」

「書いてくれたの？」

「当たり前じゃないか。ゴーストになってもきみを守ると言ったはずだよ」

「い、今どこにいるの？」

「魚住陽子の部屋だよ。彼女の体とワープロを借りて、書き上げたんだ」

「住所を教えて。すぐに行く」

なおみは受話器を肩に挟み、慌ててメモの用意をした。千次と名乗る女は、住所を伝えると、「詳しい話は会ったときにするよ」と言って電話を切った。

千次のゴーストが友人の女性の体を借りて現われた？

すぐには信じられないような話だったが、この際、ただ疑っていてもしかたがない。

とにかく、魚住陽子に会ってみよう。会えば、悪戯かどうか分かるはずだ。

なおみは千次の部屋を飛び出すと、表に停めておいた愛車のエンジンをかけた。

5

「最初にこれだけは言っておきたい。ぼくは自殺したんじゃない。あれは事故だったんだよ。癌じゃないかって考え出したら、眠れなくなってしまって、それでつい――」

魚住陽子は、いや、魚住陽子の体の中に入ったと言う千次は、なおみの顔を見るなりそう言った。

「そうじゃないかと思ってた。あなたがあたしを置いて勝手に死ぬはずないもの」

自殺だろうが事故だろうが、そんなことはどうでもいい。ようは、自分のゴースト・ライターが断りもなく急死したということだけが、なおみにとっては大問題なのだ。

「このことだけは早く伝えたかった。きみが気に病んでるんじゃないかと思ってさ」

陽子はほっとしたように言った。

あたしの心配事はそういうことじゃないんだけどね。

それにしても……。

築十年はたっていそうな日当たりの悪いアパートの一室に、魚住陽子と向かいあっても、まだどちらとも判断がつかなかった。

これはこの女の芝居なのか。

それとも本当に？

陽子の顔をまじまじと見ながらなおみは思った。

「でも驚いたよ。ある朝目がさめたら、ベッドの中で青い顔して死んでいる自分を見下ろしていたんだから。ぼくは霊になっていたんだ。死んだんだと気がつくまでにだいぶ時間がかかったよ。きみを想う気持ちが強すぎて成仏できなかったんだろう。葬式の日はなんだか妙な気分だったよ。自分の遺影の飾られた祭壇の脇に立って、よよと泣き崩れているきみを眺めているのは」

「あなた、あそこにいたの？」

なおみはギクリとして言った。

「うん。霊になってあたりをフワフワ漂っていたんだ。喪服姿のきみはいつにもまして艶《あで》やかだった。おれの嬶《かかあ》も後家にして見てみたいなんて落語のオチがあるけれど、考えてみると、ぼくはあれを実際にやったんだなあ」

変なことに感心している場合か。

「あのとき、きみは、焼香に来ていた『小説L』の編集者と話していただろう？　連載をしばらく中断することを。ぼくはきみたちが話しているのを横で聞いていたんだよ。気が気じゃなかった。早く、きみのために、あの連載の続きを書かなければって思ってさ。

それで、ぼくはすぐに仕事場に戻って、ワープロの前に座ったんだ。ところが、全然だめなんだよ。霊体になったぼくは物質に触ることができないんだ。物質を突き抜けてしまうんだ。壁なんかも自在に通り抜けられるから、ドアを開ける手間ははぶけたけどね。

小説を書こうにもワープロのキーボードに触れないんだ。これには弱った。それでぼくは思いついた。こうなったら誰かの肉体を借りるしかない。誰かの中に入りこんで、その人の体を使って書くしかないって」

「それなら、どうしてあたしの中に入ってくれなかったの？」

そうすれば、あたしも晴れて本物の作家になれたのに。

「もちろん、それは真っ先に考えたよ。愛するきみの中に入れば、それこそ一心同体になれるし、きみも正真正銘の作家になれるんだから。でも何度トライしてもだめだった。

入ることができない。はね返されてしまうんだ。きみにはよっぽど霊媒としての体質がないんだね」

そんなものあってたまるか。

「それで、他の人でいろいろ試してみた結果、この魚住陽子だけがぼくを受け入れてくれたんだ。もとから波長の合う人だったし、彼女には霊媒的な体質が強くあったんだよ。嘘みたいにスンナリと入ることができた。しかも有り難いことに、彼女はワープロを持っていた。もっと早くきみに連絡したかったんだけど、小説を書くのに夢中になっててね。それに、彼女の体を借りるのは夜だけと決めていたから手間がかかってしまってさあ、夜だけといっても、変な意味じゃないよ」

陽子は慌てたように手を振った。

「そういう意味じゃないんだ」

誰もそんな意味にとってないわよ。

「つまりさ、彼女の体を借りてワープロに向かうのはって意味だよ。彼女は昼間は図書館に勤めている。そんな彼女の生活を乱したくなかったし――」

「ねえ、ちょっと。彼女はあなたに体を乗っ取られてることに気がついているの？」

なおみはさっきから疑問に思っていたことを口に出した。

魚住陽子はさっきから、話しながら、しきりに両手の指の関節をポキポキ鳴らしている。これは、なおみの嫌いな、千次の癖だった。もし本当に千次の霊が入っているとしたら、陽子の意識は今どこにいるのだろう。

「いや。それが何度も出たり入ったりして試してみたんだが、ぼくが中に入っている間、彼女の意識は眠っているような状態らしい。ぼくが入っている間にしたことを何も覚えてないんだ。だから、いまだに彼女は気がついていない。時々、ぼくにこうして体を提供していることをさ」

「へえ」

なおみは複雑な気持ちで、目の前の女を見詰めた。これが本当だとしたら、お気の毒に、としか言いようがない。

「それで――」

なおみはセカンドバッグの中から煙草を探り出すと、一本出して口にくわえた。煙草でも吸って気持ちを落ち着けなければ、まともに聞いていられない話だ。

「あ、煙草はやめてくれ」

陽子がすぐに言った。

「え。どうして」

ライターを持ったまま、なおみは啞然とした。

「彼女は煙草を吸わないんだ。きみが帰ったあとで、部屋に煙草の匂いがたちこめていたら、怪しまれる。ぼくも彼女の中に入ってる間はずっと禁煙してるんだ。だって、いつのまにか歯の裏が真っ黒になっていたりしたら、彼女が気味悪がるだろうからね」

「それじゃ、この三カ月、ずっと煙草なしでいたの？　死ぬまでやめられそうもないって言ってたヘビースモーカーのあなたが」

なおみは驚いて目を丸くした。

「そうなんだよ。死んだらやめられたんだ。煙草だけじゃない。酒だってそうだ。彼女はアルコールは一滴もやらない人だからね。ビール一杯飲めない。おかげで、禁酒、禁煙。死んでからだいぶ健康的になったよ」

「……………」

「こんな話だけじゃ信じられないだろうから、ぼくが向井千次であるという証拠を見せてやるよ。これを読めば一目瞭然だろう？」

陽子はそう言うと、傍らに置いてあった原稿の束を取り出した。

「さっきやっと完成した」

「『小説L』の原稿ね」

なおみはひったくるようにしてそれを手に取った。目を皿のようにして読みすすむ。数枚読んだところで、全身の力が抜けたようになった。

間違いない。これは千次の文章だ。あの独特な、誰にも真似のできない、千次にしか書くことのできない世界だ。

なおみの灰色の脳細胞にわずかに引っかかっていた疑念が完全に拭われた。目の前にいるのは、女の姿こそしているが、向井千次その人であることに間違いはない。

「あたし、信じるわ」

なおみはきっぱりと言った。原稿さえ手に入れば、なんだって信じてやる。

「そうか。よかった。きみに疑われたらどうしようかと思っていたんだ。ぼくが千次だってこと信じてくれるんだね」

「もちろんよ。こんな小説が書けるのはあなたしかいないもの。あたしのほうこそ救われたわ。あなたに死なれて、これから先どうしようかと思ってたのよ」

「きみのことはぼくが一生守る。それは何度も言ったはずだ」

「嬉しい。飛びついてキスしたいくらい嬉しいけど——」

なおみはそう言いかけて、陽子の骨ばった顔と薄い唇を見ると、げっそりして、

「あたし、そっちの趣味はないからやめとくわ。それで、これからのことだけど、もっともっと書いてくれるわね？　注文が山のように来てるのよ。とりあえず、五十枚の短編と、エッセーを二つ、今週中に仕上げてくれる？　えーと、そのあとは」

手帳を見ながら、身を乗り出した。

「ずいぶんと引き受けてしまったんだね。きみはぼくを鵜飼いの鵜みたいにこき使うつもりか」

陽子はやれやれという顔になった。

「なにも死ぬまで働けとは言ってないわよ」

「もう死んでるよ。ぼくはいいけど、体を借りている彼女は生身の人間だからね。お手柔らかに頼むよ」

「そこは生かさず殺さず」

なおみはケロリとした顔で恐ろしいことを言った。

「それより、この人、独身なの？」

「そうらしい。だから、彼女の体を借りるのに好都合だったんだ。家族が一緒だとそうそう好きなときに拝借というわけにはいかない」

「この先、結婚するような事ないかしら。独りでなくなったら、彼女の体を借りるのが難しくなるんじゃない？」

「その心配は当分なさそうだな。もしかしたら一生ないかもしれない。彼女は病的なまでの対人恐怖症でね。恋人はおろか、友人もあまりいない人なんだ」

「図書館とこのアパートを往復するだけの生活？」

なおみは呆れたように言った。

「みたいだね」

「まあ。あたしには信じられない。何が面白くて生きているのかしら。世の中には気の毒な人もいるのねえ」

なおみは哀れむような、蔑むような目で陽子を見た。

「あんまり悪く言うなよ。彼女がいてくれたおかげで、ぼくたちはこうしてまた会うことができたんだし、これからもゴースト・ライターを続けていけるんだから」

「それもそうだ。それじゃ、あたし、そろそろ失礼するわ。次の短編とエッセー、早いとこお願いね。出来たら電話して。取りにくるから」

なおみは原稿をセカンドバッグに二つ折にして押し込むと、そそくさと立ち上がった。原稿さえ手に入ればもうこんな所に用はない。

「あ、ちょっと待ってくれ」

陽子が呼びとめた。

「なに？」

「この際だから、ひとつハッキリさせておきたいことがある」

陽子はきびしい表情で言った。

「なんなの？」

「ぼくが天国にも行けず、こうして下等な霊になってまでこの世に留まっているのは、みんなきみのためなんだ」

「わかってる。口では言い表わせないほど感謝してるわ」

なおみは上の空で言った。ちらと腕時計を見る。これから、ある男性と夕食を一緒にする約束があるのだ。一度は駄目かと思った原稿は上がったし、千次は戻ってきてくれたし、心配事が全部なくなって、今夜は素晴らしい夜になるだろう。いろいろな意味で。

「成仏できずに霊になってさまようことは、生きているきみには想像もつかないくらいに苦しいことなんだ。できれば、ぼくだって昇天したいよ。でも、きみのことを考えると、心配でそれもできない。地縛霊となってさまよい続けるしかないんだ」

「だから感謝してるって言ってるじゃない」

なおみはいらいらして言い返した。

「本当に感謝しているなら、それを形で見せてくれないか」

「形で見せるって？」

「ぼくを愛してる？」

「もちろんよ」

なおみは口先で言った。

「世界中の誰よりも？」

「愛してるわ。誰よりも」

いいかげんにしてよ。

「だったら、今付き合っている男とは別れてくれるね？」

なおみは飛び上がりそうになった。

「な、何をいうのよ。あたしはそんな」

「隠しても無駄だ。今までのぼくだったら騙せたかもしれないが、今のぼくは騙せないぞ。きみが二カ月前から、ある青年実業家と親密な付き合いをしていることは、ちゃんと分かってるんだ。今日もこれから彼と会う気なんだろう？」

「ど、どうしてそれを――」

なおみはさすがに青ざめた。相手の男は今離婚調停中だった。離婚が決定するまで、友人にも打ち明けず、こっそりと付き合ってきたのに。

「ぼくは霊体なんだぜ？　陽子の体に入ってないときは、一体どこにいたと思ってるんだ？」

まさか。

「いつもきみのそばにいたんだ。きみはちっとも気づいてくれなかったけど」

脇の下を冷たい汗がタラリと流れた。全部見られていた？

「あ、あたし、淋しかったのよ。あなたに突然死なれて、淋しくて、不安で。それで、つい親切にしてくれた人にフラフラと――」

こうなったら下手な言い訳をするより、泣きの一手に限る。

「ごめんなさい。あたしって弱い女なの。駄目な女なの。誰かに支えられていないと生きていけないのよ……」

われながらよくやるよ、と思いながら、なおみは本当に涙を流していた。

涙なんか水道の蛇口をひねるよりも簡単に流せる。あたしの特技だ。これで何人の男を騙してきたことか。

「泣かないでくれ。きみを責めてるわけじゃない。きみを独りにしたぼくにだって責任があるんだから」

陽子はうろたえたように言った。

「そうよ。あなたが悪いのよ。あたしを置いて、突然死んでしまうんだもの」

死んでも千次はやっぱり千次だ。泣き落としに弱いんだから。なおみは腹の中で赤い舌を出した。

「今までのことは忘れるよ。でも、これからは、ぼくのことだけを考えて欲しい。ぼくはいつもきみのそばにいる。死ぬまで一緒だよ。それを忘れないでくれ。きみがぼくを愛してくれている限り、ぼくはこの世に留まって、きみのゴースト・ライターをやり続ける。でも、もし、きみが他の男に心を移したら、そのときは、もうきみのそばにはいられない。ぼくたちはおしまいだ」

「わ、わかった。わかったわ。あの男とは別れるわ。ほんの弾みだったの。本気じゃないのよ。あたしが愛しているのはあなただけ。あなたさえ戻ってきてくれたら、もう何もいらない」

「彼だけじゃない。これからもずっとぼくだけを愛してくれる？　他の男には目もくれない？」

「もちろんだわ」

「嘘をついてもすぐに分かるんだよ」

「嘘じゃない。本当よ」

「きみを信じる」

「う、嬉しいわ。それじゃ、しばらくお別れね。とても淋しいけど、次に会う日を楽しみにしているわ」

「なに言ってるんだ」

陽子は笑った。

「ぼくはいつもきみと一緒だって言ったじゃないか。きみがここを出たら、すぐに彼女の体から出てきみの後を追うよ」

げっ。ついて来る気？

「二人が再会できた記念すべき日じゃないか。朝までずっと一緒にいるつもりだ。きみにはぼくの姿は見えないかもしれないけど、ぼくの気配だけは感じてくれ」

「まあ、なんてすてきなの。あなたと朝まで過ごせるなんて……」

なおみは愕然としたが、まあ、こうなったらしかたがない。あの青年実業家のことはあきらめよう。彼のほうも離婚調停が予想外に難航していて、このままでは、いつ結婚できるかしれたものではない。男と今の地位を秤にかければ、男のほうを捨てざるを得なかった。せっかく戻ってきてくれた千次の霊を怒らせて失うわけにはいかないのだ。

「それじゃ、またあとでね……」

「うん。きみが訪ねてきた気配と、ワープロを使った痕跡を消してから、すぐに後を追いかけるよ」

「早く来てね……」

なおみは、強張った顔でほほ笑むと、部屋を出ようとした。そのとき、ふとあることを思い出した。

「あ、そうだ。ねえ、あなたに訊きたいことがあるのよ」

「なんだい」

「今まであたしが稼いだ収入の半分はあなたに渡していたわよね？」

「ゴースト・ライターとして当然の権利だからね」

「でも変だわ。あなたが亡くなってから、あたし、あなたの預金通帳調べてみたのよ。

そうしたら、定期はゼロ。普通預金のほうも預金高がゼロに近かったわ。あれはどういうこと？　あなた、そんなに派手な暮らししてなかったはずなのに、一体何に使ったの？」

あのときはがっかりした。わりと堅実な暮らしぶりをしていた千次だったから、さぞ貯金が残っているだろうと期待していたのに、なおみの目に入ったのは、預金高三百六十二円という、目を剝くような数字だったのだ。

「ああ、あれか」

陽子はばつが悪そうに頭を搔いた。

「きみに言うと嫌われると思ってずっと黙っていたんだけど、ぼくは生前救いようのないギャンブル狂だったんだ」

「あなたが？」

「うん。隠しててごめん。競輪、競馬、マージャン、ギャンブルと名のつくものなら手を出さずにいられなくてね。そのくせ勝ったためしがない。いつも大負け」

「それじゃ、あたしが渡したお金は全部？」

「ギャンブルに注ぎこんでしまった」

「呆れた」

「でも、安心してくれ。死んでから酒や煙草がやめられたように、ギャンブルともきっぱり縁が切れたよ。まさかこの姿で馬券買いに行くこともできないしね。その償いというわけではないが、これからは、ぼくが稼ぐ収入は全部きみのものだ。幽霊になってしまったぼくにもう金は必要ないからね」

そうだ。そうだわ。なおみはそのことに思いあたって、それまでしょげていた気分が一気に晴れるような気がした。

もう収入を半分ずつ分け合う必要がないのだ。全部あたしのもの。なんて素晴らしいんだろう！

なおみは思わず言った。

「あなた愛しているわ」

心の底からそう思っていた。

この瞬間だけは。

6

美川なおみが出て行くと、陽子は、くんくんと鼻をうごめかせた。なおみの香水の匂いがかすかに部屋に残っている。残り香を消すために窓を開けた。

窓を開けると、暮れなずむ空を背景に、真っ赤な車に乗り込むなおみの恰好の良い後ろ姿が見えた。

あなた愛しているわ、か。

嘘ばっかり。

千次を愛していたなら、どうして、彼が胃潰瘍に苦しんでいたことに気がつかなかったの。癌ノイローゼになっていることに気づいてあげなかったのよ。

気の毒な人。

あなた、あたしのことをそう言ったわね。哀れむような目つきで。

でも、この言葉、そっくりあなたにお返しするわ。気の毒なのは、あなたのほうなのよ、なおみさん。

あなたはあたしのお芝居にすっかり騙されたみたいね。さすがに最初は芝居じゃないかって疑ってたみたいだったけど、あの原稿を見たとたん、目の色が変わったわね。無理もないわ。向井千次が書いたとしか思えない原稿だものね。でも、おあいにくさま。あれは千次が書いたんじゃない。あたしが書いたのよ。この魚住陽子がね。

真似しようにも真似のできない独特な千次の文章をなぜあたしに書けたかって？

それは簡単。とても簡単なことなの。真似なんかする必要がなかったからよ。あたしはただ自分の思うままに書けばよかった。だって、あれは、はじめからあたしの文章だったんだから。

あなたは何も知らなかった。千次をいいように操縦してきたつもりかもしれないけれど、マリオネットのように操られていたのは、本当はあなたのほうだったってこと。あなたはずっと千次がゴースト・ライターだと思いこんでいたんでしょう？

それがそもそも間違いのもとだったのよ。

千次の預金高がゼロに近かった本当の理由を教えてあげましょうか。彼がギャンブル狂だったなんて真っ赤な嘘。あなたが渡したお金は全部、彼の銀行口座ではなくて、あたしの口座に振り込まれていたからなのよ。

つまりね、あなたのゴースト・ライターはあたしだったのよ。この三年間、あなたが発表した作品は、向井千次が書いたんじゃない。全部、あたしが書いて、千次に渡していたのよ……。

三年前のあの日。ほんのささいな手違いから、なおみと千次と陽子の奇妙な三人四脚がはじまったのだ。

なおみが千次の部屋で見つけた原稿は本当は陽子が書いたものだった。数日前に、唯一の友人である向井千次に読んでもらおうと渡しておいたものだったのだ。

翌日、陽子のもとに千次がやってきて、あの原稿を自分に売ってくれないかと言い出した。驚いて理由を問いただすと、なおみが彼をゴースト・ライターにして作家デビューをもくろんでいること、そのために、千次と結婚する気になっていることを話してくれた。

千次はなおみを失いたくなかったのだ。

そこまで打ち明けられて、陽子の気持ちはぐらついた。向井千次は、この二十年間、対人恐怖症のために、恋人はおろか、友人すらまともに作れない陽子にとって、たった一人の誠実な友人だった。千次がいてくれたおかげで、自殺を思いとどまったこともある。そんな友人の頼みをむげに断ることはできなかった。

それに、あの原稿はもともとどこかに応募するつもりで書いたものではなかった。小説を書くことは、陽子にとってはたったひとつの気晴らしにすぎなかったのだ。夜、ワープロの前に座って、虚構の世界に遊ぶときだけ、図書館と古臭いアパートを往き来するだけの、他に何の楽しみもない、息の詰まるような現実を忘れることができた。

あの処女作も、千次がよくなおみのことを話してくれたから、陽子の中で自然に彼女のイメージが膨らんで、あんな小説の形を取ったものだった。二人がいなかったら、あの作品は生まれていなかっただろう。そう思えば、快く千次に原稿を譲る気になれた。

そして、賞を取ったことがきっかけで、三人の奇妙な関係がはじまったのである。陽子は、ゴースト・ライターとしての生活をけっこう楽しんだ。たとえ作者としての脚光は浴びられなくても書いているだけで幸せだった。

しかし、この三人四脚は、千次の急死で、早すぎるゴールを迎えてしまった。陽子は、千次のためにゴースト・ライターを続けてきたのだ。なおみのために書く気はなかった。

だから、千次の死を境に、きっぱりとゴースト・ライターの生活から足を洗うつもりだった。しかし、そう決心したものの、あることがずっと気になっていた。それは、千次が亡くなる数日前に、陽子の所に来て、頼んでいったことだった。

彼は癌ではないかと疑っていた。それでもし自分が死ぬようなことがあったら、このままゴースト・ライターを続けてくれと陽子に頼んだのだ。癌に蝕まれているかもしれない自分の体のことよりも、後に残るなおみのことを心配しているように見えた。それでも、陽子は彼女と組む気はなかった。だから書くのをやめた。なおみは苦境に陥ったようだった。いい気味だと思っていた。

ところが、二カ月めにはいって気分が落ち着かなくなった。千次の霊がどこからか自分を見ている。そして恨んでいる。そんな妄想に悩まされるようになった。それに、無性に何か書きたくなっていた。

ただ、なおみと直接取引することだけは厭だった。取引をするには、本当のゴースト・ライターが誰だったか、彼女に打ち明けなければならない。それでは、千次が今まで彼女を騙し続けてきたことがばれてしまう。それだけはしたくなかった。真実を知れば、なおみは千次を蔑むだろう。死者に鞭打つようなことはしたくなかった。

そして、考え抜いたあげく、馬鹿馬鹿しいが、良い方法を思いついた。それは、千次のゴーストを出現させることだった。千次の浮かばれない霊が陽子にとりついたように見せかける。こうすれば、陽子は千次の霊媒としてゴースト・ライターを続けることができる。今まで通りの報酬は得られなくなるが、そんなことはどうでもよかった。陽子の預金通帳には、利子だけでも相当の金額がずっと手つかずで眠ったままになっていたし、司書としての給料だけで日々の生活はやっていける。

この方法を取れば、なおみは作家としての地位を失わずにすむし、陽子も好きな小説を書き続けることができる。そして、千次の霊も安心してくれるだろう。

しかし、自分勝手ななおみのことを考えると、すぐに実行に移すのはなんとも癪《しゃく》だった。彼女にとってはいいことずくめなのだ。ゴースト・ライターは戻ってくるし、しかも今度は報酬を支払う必要がないのだから。これでは不公平だ。彼女にだって、何か失うものがあってもよいのではないか。陽子はそう思った。

そこで、なおみの身辺調査をある探偵社に依頼してみた。案の定、彼女は、千次が死んで一月もたたないのに、ある青年実業家とこっそり交際をはじめていた。相手は離婚調停中で、このままいけば、なおみは晴れてこの男の妻になるだろう。それでは、あまりに彼女に都合がよすぎる。この男を諦めてもらおう。陽子はそう決心した。いや、この男だけではない。千次の霊がそばにいると思い込んでいる限り、貞淑な未亡人の役を演じ続けるしかないようにしてやろう……。

それが、陽子がなおみに要求した代償だった。

部屋から残り香が消えたような気がして、陽子は窓をしめた。

もうあたりには冬の夕闇が迫っていた。

思えばあたしはずっとゴーストだったな。

陽子のこけた頬にふっと微笑が浮かんだ。

中学のときの卒業写真を見て愕然としたことがある。日射しのせいだったのか、最後列の片すみに並んだ陽子の姿は、そこだけ暗く影が射したように、他の級友よりもぼやけて見えた。まるで幽霊みたいに。

あの写真は暗示的だった。

それからというもの、父が、太陽のような明るい娘になるようにと願ってつけてくれた陽子という名前を、ものの見事に裏切って、物陰から物陰へと、人目を避けるような生き方しかできなかった。

これから先もこうしてゴーストのまま生きていくのだろう……。

誰からも愛されず、誰も愛さず。

誰も愛さず？

そんなことはない。

あたしはずっと愛していた。

自分の心の奥底に潜む、その感情から目をそらそうとしてきただけだ。

性別を越えた友情のはずが、いつのまにか愛情にすりかわっていたことを、陽子は千次に気づかせたくなかったし、自分でも認めたくはなかった。千次が美川なおみに報われない恋をしていたように、その千次に陽子はもっと報われない恋をしてきた。二十年も。最後まで報われなかった。千次は陽子の気持ちに気づかぬままに死んでしまった。でもこれでよかったのだ。もし気づいていたら、蓋の取れたごみ箱でも見るように顔をそむけて、陽子から離れていっただろう。

そうならないためには、ただの友人の振りをし続けるしかなかったのだ。

しかしもうそれも終わった。

陽子は考えてもしょうがないことを振り払うように頭を振った。

そのとき、電話が鳴った。

誰かしら？

日曜日に電話をかけてくるような友人はいないし、郷里の両親はとうに亡くなっている。

間違い電話かしら。

陽子はそう思いながら、受話器を取った。

「陽子さん？」

なおみの声だった。陽子はびっくりした。

突然のことだったので、千次の振りをするか、それとも千次の霊が抜け出た振りをするか、一瞬迷った。

「――あの、どなたですか」

陽子は本来の自分として応対するほうをとっさに選んだ。何の用だか知らないが、なおみには、千次の霊がそばにいるように思わせたほうがいい。

「今、自動車電話からかけてるんだよ」

なおみはいきなりそう言った。

「……」

「この声に聞き覚えない？」

「美川なおみさんでしょう？」

陽子は戸惑いながら答えた。声はたしかにさっき別れたばかりの彼女に間違いないのだが、それにしてもどこか変だ……。

それに、なおみがどうしてここの電話番号を知っているのだろう？　ここの番号を知っているのはただ一人。でもその人はもう――

陽子ははっとした。まさか？

受話器を思わず握り締めた陽子の耳に、囁くようななおみの声が届いた。

「これで安心して天国にいけるよ。約束果たしてくれてありがとう」

ポチが鳴く

LETTER IN SPRING

1

「子犬は何匹生まれました？」

最初に話しかけてきたのは、その初老の婦人のほうだった。

ある日曜日の朝のこと。久し振りに犬の散歩を買って出た私は、散歩コースの折り返し地点にあたるその公園まで来ると、犬を解き放してから、手近なベンチに腰掛けて、一服しようとしていた。

と、そのとき、隣のベンチに座っていた初老のカップルの女性のほうがにこにこしながら話しかけてきたのである。

年の頃は五十代半ばというところか。小柄で穏やかな目をした上品な人だった。はじめて会ったのに、まるで古くからの知り合いのような気さくな口調でたずねてきた。

夫らしき人のほうは、六十を一つ二つ越したという年恰好で、半白の髪を床屋帰りのように奇麗に撫でつけ、ステッキの握りに両手を重ねて、細めた目で走り回る犬の姿を追っている。

それにしても、この見知らぬ婦人はなぜポチがつい最近子供を産んだことを知っているのだろうと、いぶかしく思って、返事をためらっていると、

「この前見かけたときには大きなおなかをしていたものですから」

婦人は私の疑念を晴らすように、微笑みながら付け加えた。

ああ、そういうことかとすぐに納得した。朝夕の犬の散歩は妻の仕事だった。日曜だけ私が買って出ていたが、ここしばらく仕事が忙しく、休日出勤が続いたので、妻にまかせっきりになっていた。散歩コースは決まっているから、たぶん妻が連れていたポチの姿を見かけたことがあるのだろう。

連れていた人間が代わっても犬の顔を見分けたところを見ると、この夫婦も犬好きだなと直感した。我が愛犬は自慢じゃないが、どこにでもいるような平凡な雑種である。いわゆる駄犬のたぐいだ。ポチという名前にしても、貰ってきた頃、妻が、「いかにもポチって顔してるわねえ」としみじみと言ったことからついたほどだった。よほどの犬好きでもなければ、我が愛犬と他の犬を見分けられるはずがない。

「四匹です」

相手が犬好きだと分かると、同好の士を見つけた思いで私は途端にくつろいだ気分になって答えた。

「貰い手はつきましたか」

婦人は笑顔のままたずねた。

「三匹までは生まれる前から決まっていたんですが、あとの一匹がまだ売れ残ってるんですよ」

子犬の養子先。そう、もっかのところ、これが私たちの悩みの種なのだ。二年ほど前に移り住んできた家には、猫の額どころか、その額の皺くらいの庭しかついていない。親犬のポチを飼うのが精一杯で、子犬のほうは手放さざるを得なかった。それも、なるべく早く、子犬に情が移らないうちに、養い手を探さなければならなかった。

「一匹はまだ貰い手が見つからないんですか」

婦人はどういう意味か、ほうっと溜息をついた。

「うちで飼えるものならねえ」

傍らの夫の顔を見ながら残念そうに言った。

「私も家内も犬が好きで、よくこの公園に犬を見にくるんですよ。ここはこのあたりの人がたいてい犬の散歩コースにしていますからねえ。こうして朝から座っていると、実にいろいろな種類の犬に会えます」

それほど犬好きなのに、飼えないということは——

「マンションにでもお住まいですか」

私はついそうたずねた。溜息をついた婦人の気持ちがわかるような気がした。たいていの賃貸マンションでは犬猫のたぐいはご法度《はっと》になっている。そもそも私にしても、今の勤め先に近い都心のマンションを出て、かなり無理なローンを組んでまで、この東京の郊外に家をもつことに固執したのは、ひとえに犬と一緒に暮らす生活がしたかったからなのだ。きっとこの夫婦も同じ思いなのだろう。マンションかアパート住まいだから犬が好きでも飼えないのだ。そう勝手に解釈したのである。

ところが、これは私のとんだ早呑込みだった。

「いや、マンションじゃありません。持ち家に住んでます」

夫のほうが私の問いにそう答えたからである。

「それなら、ご家族の誰かに犬嫌いの人がいるとか？」

「いや、そんなことはありません。娘が二人いましたが、すでに嫁いでいますし、今は私と家内しかおりません。広い庭もありますし、うちならどんな大型犬でも放し飼いでのびのびと育ててやれるのですが」

そう言って、また溜息をつく。

「それなら、どうして？」

私はびっくりして訊き返した。どうも腑に落ちない。持ち家があって、広い庭があって、夫婦そろって犬好きだという。それなのに、犬が飼えない？　なぜだろう？

「飼えないのです。飼ってはいけないのです」

婦人の顔から微笑が消えた。何かに怯えているような目だった。

「飼ってはいけない？」

「犬が好きだからこそ、飼ってはいけないのです」

どうも訳が分からない。

「それはどういうことですか」

「もし犬を飼ったら、わたしはまた――」

婦人は身震いして言葉を飲み込んだ。傍らの夫がやめなさいというように妻の小さな手を軽くたたいた。

しかし、婦人は飲み込んだ言葉を吐息と共に吐き出した。

「殺してしまうでしょうから」

2

「殺す？」

私はぎょっとして婦人を見詰めた。

「殺すって、犬をですか」

婦人は頷いた。

「あなたが？」

また頷く。

真剣な目だった。たちの悪い冗談を言っているようには見えない。それにしても、殺すとは話が穏やかではない。見るからに良家の奥様といった風情の人の口から出た言葉とは俄かに信じられなかった。

「そうです。きっと殺してしまいます。それもむごいやり方で。わたしはそれが怖いのです。こんなに犬が好きなのに、どうしてあんなことをしてしまったのか。自分で自分が分からないのです」

夫のほうがまた妻の手を軽くたたいた。

「よしなさい、そんな話は」

婦人は黙ってしまった。

「あの、よかったら話してくれませんか」

私は言った。婦人の話に興味があった。この犬好きを自認する上品そうな婦人が犬を惨殺するなど信じられない。もし本当だとしたら、何か、よほど深い事情があったんだろう。そう思うと、話をきかずにはいられなかった。

「わたしの父という人は戌年《いぬどし》ということもあってか、たいそうな犬好きでした……」

婦人は遠い昔を思い出すように、宙に目を据えながら、ポツリポツリと話しはじめた。

夫のほうはあきらめたように、懐から煙草を取り出すと黙ってそれに火をつけた。

どうやら、話から察するに、この婦人は家付き娘で、夫のほうが婿養子らしい。

「わたしがもの心ついたとき、うちにはアカという名の大きな老犬が放し飼いになっていました。赤毛の犬だったのでそんな名がついたのです。アカはおとなしくて利口な犬でしたが、可哀そうに片目が潰《つぶ》れていました。子犬の頃に事故にあったのだそうです。父はそんなアカをそれはかわいがっていました。というのも、わたしの父も子供の頃に罹《かか》った病気が原因で片目が不自由だったからです。生来の犬好きに加えて、我が身と似た境遇のアカがとりわけかわいかったのでしょう。

ところが、お嫁にきた母のほうはそうではありませんでした。どういうわけかアカをひどく嫌っていました。父のいるところでは、頭を撫でたりかわいがっている振りをしていましたが、陰ではよく、たいした理由もなくアカを棒で殴ったり蹴飛ばしたりしていました。それが高じて、ある日、母はアカを殴り殺してしまったのです」

「殴り殺した？」

私は思わず訊き返した。

「ええ。わたしが六歳の年でした。表で突然犬の甲高い鳴き声がしたので、窓から見てみると、庭で洗濯物を干していた母が、狂ったように棒を振り回しているではありませんか。アカの頭を打ち据えていたのです。アカは抵抗もせずにしっぽを股の間にはさんで弱々しく鳴きながら打たれていました。アカがかわいそう。そう思いながら、金縛りにでもあったように、わたしは窓のそばから離れることができませんでした。

　干したばかりの洗濯物が地面に落ちていました。おそらく、アカがじゃれついて洗濯物をひきずり落としてしまったのでしょう。母はそれに腹をたててアカを打ち据えていたのです。

　いつもなら二、三度打ち据えるだけでやめる母が、その日はどうしたことかいつまでもやめないのです。わたしは子供心にもそんな母を怖いと思いました。棒を振り下ろす母の顔が笑っているように見えたからです。まるで無抵抗の犬を打ち据えることを楽しんでいるように見えました。そのうちにアカはぐったりとしてしまいました。それでも母は血にまみれた棒を振り下ろすのをやめませんでした。

　母が肩で息をしながら棒を放り出したのは、アカが地面に横たわってピクリとも動かなくなってからでした。それから母は何事もなかったかのように、悠々と残りの洗濯物を干し終わりました。母の姿が見えなくなってから、ようやくわたしは庭に出てみました。アカは目を開けたまま死んでいました。大きな蝿がアカの乾いた鼻先に止まっていたのをおぼえています。母はアカの死骸をそのままにして、片づけようともしませんでした。

　そして、その夜、勤めから帰ってきて、アカの死骸を見つけた父に、母は平然と嘘をつきました。昼間、アカが何を血迷ったのか、わたしに襲いかかったので、わたしを助けるために棒で殴ったら死んでしまったというのです。父は母の話を暗い顔で黙って聞いていました。わたしは嘘だ嘘だと心の中では叫びながら、なぜか一言も言えませんでした。アカが打ち据えられるのを見ながら、ただただ窓に取りついて眺めているだけで声も出せなかったときのように。

父は母を責めるようなことは何も言いませんでした。わたしに怪我はなかったかと優しくたずね、アカの死骸を一人でどこかに処分しに行きました。でも、その頃から父と母の仲が目に見えて冷えていったのが子供心にも感じられました。父はめったに母に口をきかなくなりました。今から思えば、もともと仲の良い夫婦ではなかったのです。というのは、母は父よりもずっと年が若く、片目の不自由な父との結婚を本当は望んでいなかったということを母の口から聞いたことがあるからです。母には他に好きな人がいたらしいのです。でも、母の実家は貧しくて、父のほうは幾らか資産があったので、母は奇麗な着物着たさに、気のすすまない結婚を渋々承知したのだそうです。

でもやはりこんな生活は長くは続きませんでした。アカが死んで三月《みつき》くらいたった頃、母はうちを出てしまいました。しばらく実家の世話になっていたそうですが、そのうち実家も飛び出して、どこか別の土地で男の人と暮らしていると後になって誰からともなく聞きました。一緒に暮らしているのは、母が結婚前から好きだった人だと言う人もいました。

母が家を出てしまったことは悲しくなかったわけではありませんが、それほど苦にはなりませんでした。そのうち慣れてしまいました。もともとわたしは父親っ子で、母よりも父のほうが好きだったので、父さえそばにいてくれればよかったのです。それに、年がいってから出来た一人娘ということもあって、父はそれはわたしをかわいがってくれました。だから、母がいなくなったことよりも、むしろ大好きだったアカがいなくなってしまったことのほうが悲しくてしかたがありませんでした。

そんな折、ある日、父が子犬を貰ってきてくれました。アカが死んで淋しく思っていたのはわたしだけではなかったのです。父も犬のいない生活に耐えられなくなったのかもしれません。赤犬の子でした。その子犬にもアカと名付けました。前のアカのときのように、庭に放し飼いにして育てました。子犬は大きくなるにつれて、いよいよアカに似てきました。もしかすると、アカの血が入っていたのかもしれません。なんだかアカが生き返ったようで、わたしも父も前のアカ以上にかわいがりました。父は何も言いませんでしたが、前のアカがなぜ死んだか、本当の理由に薄々気がついていたようです。

アカもわたしたちにとてもなついて――だから、未だになぜあんなことをしたのか、わたしには分からないのです。アカを憎いと思ったことなどただの一度もなかったのに。なぜわたしはあんなことをしてしまったのか――」

婦人の目は遠い恐怖を思い返すように見開かれていた。

「一体何があったのですか」

話し手が放心したように黙っているので、痺れを切らした私は先を促した。

「わたしがアカを、あんなにかわいがっていたアカをこの手で殺してしまったのです」

婦人は自分の両手を信じられないものを見るように見詰めた。洗っても洗っても血が落ちないと嘆くマクベス夫人みたいだと私は思った。

3

「あれが起きたのは、アカがすっかり大人の体つきになって、広い庭を所せましと駆け回れるようになった頃でした。ある朝、わたしはいつもより早く目が覚めました。なんだか凄く怖い夢を見たようなボンヤリとした記憶がありましたが、それがどんな夢だったのか思い出せないのです。でも、目が覚めたとき、なんだか厭な感じがしました。布団のなかが生臭いような変な臭いもします。そろそろと起き上がって心臓が止まるほど驚きました。両手が赤いペンキにでも浸したように真っ赤になっているではありませんか。手だけではありません。ねまきにも、ベットリといやな臭いのする赤いものが付いていたのです。寝ている間に何か恐ろしいことが起きた。それだけは分かりました。でも何が起きたのかサッパリ分かりません。ただ恐ろしくなって、布団から出ると父のところに行こうとしました。そのとき、何かグニャリとしたものを踏みつけたのです。畳の上にビー玉のようなものが転がっていました。ビー玉より少し大きくてブヨブヨした……。

　見ると、それは目玉でした。えぐり取られた動物の目玉だったのです」

「………」

「わたしは悲鳴をあげました。すぐに父が起きてきました。父はわたしの異様な姿を見ると血相を変え、何か察したように、はだけたねまきのまま外に飛び出して行きました。わたしも泣きながら父の後を追いました。犬小屋のそばにアカが血まみれで横たわっていました。大きなボロ雑巾のような無残な死骸になって。棒で頭の形が分からなくなるまで何度も殴られたうえに、片方の目玉をえぐり取られていたのです――」

　公園は休日ののどかな日射しに満ちていた。犬を連れた人達のくつろいだ姿があちこちに見える。我が愛犬ポチは走り回って喉が渇いたのか、水飲み場にたまった水をピチャピチャと嘗めていた。

「あなたが、それを？」

　私の喉もひりついたようになっていた。ポチのそばへ行って一緒に水を飲みたい衝動に駆られた。

「そうとしか考えられません。うちには父とわたししかいなかったのですから。誰かが夜中に塀をよじ登って侵入してきたとは思えませんでした。それに何よりも、ねまきや両手に付いていた生々しい血の跡が、アカを殺したのはわたしであることを証明していたのです」

「しかし、何もおぼえてはいなかったのでしょう？」

「何もおぼえてはいませんでした。でも、わたしには小さい頃から夢遊病のくせがあったのだそうです。そのときはじめて父が話してくれました。夜中に突然起き上がってフラフラと庭を歩き回ったり、大きな声で歌を歌ったり、そんなことが前にも何度かあったのだそうです。父が言うには、昼間やってはいけないと叱られたことを、時々夜中に起きてすることがあったそうです。自分では何もおぼえていません。ただ、なんとなく夢を見たような記憶があるだけです。その夢遊病が今度も起きたのです。わたしは夢のなかでアカを殴り殺し、片目をえぐり取ったのです。なぜそんなひどいことをしたのか分かりません。アカをかわいい、好きだと思ったことはあっても、憎いと思ったことは一度もありませんでした。少なくとも、わたしの意識の上では。でも――」

婦人は口ごもったが、すぐにあとを続けた。

「もしかしたら、わたしは心の奥の深いところで、自分でも気がつかないくらい深い深いところでアカを憎んでいたのかもしれません。殺してやりたいと思っていたのかもしれません。

父は言いました。夢遊病を起こしたわたしがすることは、本当はしたくても叱られたり禁じられたりしたことばかりだと。昼間我慢したことを夜夢の中でするのだと。わたしは本当はアカを憎んでいたのです。母のように。そうです。母のようにアカが嫌いだったんです。年を取って片目の潰れた醜いアカが。

だからあのとき、母がアカを殴り殺したとき、わたしは庭に飛び出していかなかったのです。母にやめてと言えなかったのです。あれは母のしていることが怖くて金縛りにあったのではありません。わたしが庭に飛び出していかなかった理由は、母の行為を止めようとはしなかった本当の理由は、怖かったからではありません。逆でした。もっとあれを見ていたかったからです。だから何もしなかったのです。前のアカが母に打ち殺されるのをずっと見ていたかったのです。そのことに気がついてぞっとしました。わたし、思い出したんです。もしかしたら、あのとき笑っていたのは母ではなくて、あれを見ていたわたしのほうではなかったかと――」

聞いていて、さすがに寒けがしてきた。話しているのは、子供のように小さな手をした、穏やかな目の小柄な女性なのだ。どこから見ても優しさのかたまりのような。

「わたしは、母と同じことがしたかったのです。でもその衝動を心の奥底に閉じ込めていました。それが心の中に積もり重なって、あの夜、ムックリともう一人のわたしが目を覚ましたのです。昼間のわたしを夜のわたしが支配してしまったのです。だから、わたしは夢のなかでただ殺すだけではなくて、アカの片目をえぐり取ったのです。片目が潰れていた前のアカに似せるために。わたしは母のした行為を夢の中でもう一度繰り返したのです。

これでお分かりでしょう？　わたしがどうして犬が好きなのに飼うことができないのか。それはわたしの中には犬好きだった父の血と、その犬を嫌った母の血が両方とも流れているからなのです。時々、その母の血がわたしの中で騒ぐのです。自分でもどうしようもありません。もし、犬を飼ったらまた同じことをしてしまう。そんな恐怖で二度と犬は飼うまいと決めました。父もそのほうがいいと言いました。だから、あのことがあってからというもの、うちでは二度と犬を飼うことはありませんでした」

4

「なんだか怖い話ね」

話を聞き終わると眉をひそめて妻が言った。

散歩から帰った私はさっそく公園で出会った初老の夫婦の話を妻にしたのである。その二人連れならたしかに公園で何度か見かけたことがあると彼女は言った。

「でも、その話の怖いところは、それが単に犬の話じゃないってところよね」

妻は昼食用のハンバーグのネタをボールの中でこねながら独り言のように呟いた。

「犬の話じゃないって？」

「あら、あなた、気がつかなかった？」

呆れたように訊く。

「なにを？」

「なにをって、その婦人の語らざる深層心理によ」

「あの人が本当はアカという犬を嫌っていたってことか」

「犬じゃないのよ。彼女が無意識のうちに憎んでいたのは犬そのものじゃないわ。犬は代用品にすぎないのよ」

妻はこともなげに言った。

「代用品？」

「もう鈍いのねえ。話を聞いてりゃすぐにピンとくるじゃない。父親よ」

「父親……」

「母親が打ち殺したアカという犬は、片目が潰れた老犬だったんでしょう？　そして父親も片目が不自由で母親よりもだいぶ年上だった。母親がアカをいじめたのも、きっと、ただの犬嫌いからじゃないわ。アカが夫に似ていたからよ。夫を連想させたからよ。そして、その娘も無意識のうちに母親と同じことを望んでいた。ということは、つまり、父親を――」

「んな馬鹿な」

私は一笑に付した。少し顔が引きつるのを感じながら。

「母親のほうはもしかしたらそうだったかもしれないが、娘のほうはそんなことありえないよ。父親っ子で、父親にはとてもかわいがられたっていうんだぜ。なんで、その父親を憎むんだ？」

「そこが深層心理の面白いところじゃない。感情の複雑な二重構造なんて、人間にはよくあることじゃないかしら。とりわけ女には」

なんて分かったようなことを言って、妻は澄ましていたが、私にはとても承服できなかった。

あの婦人が父親を憎んでいた？　婦人から聞いた犬の話以上に信じられない。

「父親を無意識にライバル視して憎むのは、ふつう息子だろう？」

「心理学ではそうかもしれないけど」

妻はそう言ってハンバーグを作る手をとめて、ちらと私を見た。

「娘だって父親を無意識に憎むことがあるんじゃない」

そのときの妻の表情になんとなくドキリとするものがあった。私はなかば反射的に隣の部屋で眠っている赤ん坊のことを思った。お産をしたのはポチだけではなかった。妻も五カ月前に女の子を産んでいたのだ。

娘でも父親を無意識に憎む？

そんな馬鹿なことがあるものか。

しかし、もしかしたら――

「ああそういえば」

妻が話題を変えるように明るい声で言った。

「子犬のことだけど、貰い手が決まったわよ。田中さんちで欲しいって。さっき電話があったわ」

5

一週間たった。日曜日の朝、いつものようにポチを連れて公園に出かけたが、ベンチにはあの夫婦の姿はなかった。妻に訊いてもそういえば最近見かけないわねという。次の日曜日も同じだった。どうしたんだろうとしばらく気になっていたが、そのうち次第に忘れてしまった。

再び公園で出会ったのは、半年近くもたってからのことだった。ただし二人ではなかった。ベンチに座っていたのは夫のほうだけだった。

「ああこれは。いつぞやは」

私を見ると、老人はかすかに笑って頭をさげた。

一目見るなり、ずいぶん老けたなと思った。身体も一回り縮んだように見える。半白だった髪がいつのまにか総白髪になっていた。

六十代の前半といえば、老人と呼ぶのも憚《はばか》られるような気がするが、あの婦人の連れ合いは、半年見ない間に、老人としか言いようのない風体になっていた。

「あれからお見かけしませんでしたね」

ポチの鎖を解いて、ベンチに座ると私は言った。

「実はあのあと家内が倒れましてな。しばらく入院やらなにやらでゴタゴタしていましたが、先月亡くなりました」

老人は淡々とした口調で答えた。私はすぐに返事ができなかった。

亡くなった。

「それは――」

ご愁傷《しゅうしょう》様という空々しい言葉は舌のつけ根にからんでしまった。

老人の急激な老けこみの理由が分かった。老夫婦の場合、妻は夫を亡くしてもそれほど変化はないが、夫のほうは糟糠《そうこう》の妻を亡くすと、ガクッと老け込むと聞いたことがある。

これはどうやら本当らしい。

「葬式が済んでようやく落ち着いたので、久し振りに足が向いたのですわ。この半年の間にいろいろなことがあったのに、ここは少しも変わっていませんねえ」

眩しそうな目で緑の多い公園の中を見回しながら笑った。

しばらく世間話をしていたが、老人はずっと考えていたことをようやく口に出す決心がついたとでもいうような、おずおずとした口ぶりでこう切り出した。

「あの、もしご迷惑でなかったら、あれに線香の一本でもあげてやってくれませんか。ここでお会いしたのも何かの縁でしょう。うちはここから歩いて二十分くらいのところにあるのですが」

袖ふり合うも他生《たしょう》の縁という。それに今日は天気がいい。散歩日和である。うちへ帰っても寝転んでテレビを見るだけだ。

私は承知して、ポチを呼び寄せると鎖につないだ。ポチはおやいつもと違うぞという目付きで私を見上げた。

少し足が悪いらしい老人のペースに合わせてのんびり歩いているうちに、古い家が建ち並ぶ通りに出た。このあたりはまだ歩いたことがなかった。酒井と表札の出た、目立って大きな門の前にたどりつくと、老人は歩みをとめた。表札の古さから見ても旧家であることが偲ばれる。

門も大きかったが、中に入ってみると、なるほど前に聞いたとおり、羨ましいような広い庭を備えていた。ここで犬を放し飼いにして育てたら、外に散歩に出す必要がないくらいだ。

ポチを玄関の近くにつなごうとすると、酒井さんは、「自由にさせてやってください」と言った。お言葉に甘えて鎖をはずしてやると、ポチは嬉しそうに庭を駆け回りはじめた。

私は仏壇のある部屋に通された。広い和室である。酒井夫人が遺影の中で微笑していた。

線香をあげて合掌をすませると、酒井さんが幾分ぎこちない手付きでお茶を出してくれた。

「こんな広い家にお独りで淋しくはありませんか」

あたりを見回しながらたずねると、

「そうですねえ。淋しくないといったら嘘になりますね。茅ケ崎《ちがさき》に住む長女がここを処分して一緒に住まないかと言ってくれたのですが、私にはこの家を守る義務がありますからねえ」

「はあ」

養子というのも大変だなと思いながら、私は間の抜けた相槌をうった。このときは、「家を守る義務」という酒井さんの言葉を単純に言葉通りに解釈したのである。

話題が途切れ、二人の間に沈黙があった。

「実は――」

　再び口火をきったのは酒井さんのほうだった。

「今日あの公園に出かけたのは、もう一度あなたにお会いしたいと思ったからなんです。日曜ごとに犬の散歩に見えると前に伺っていたので、もしかしたらと思って」

「はあ？」

　あそこで久し振りに会ったのは偶然ではなかったのか。

「いやあ、お会いできてよかった。家内があんな話をしたので、ずっと気にかかっていたんです。あんな妙な話を見ず知らずの人に話すなんて、おかしな夫婦だとお思いになったでしょう？」

「いや……」

「でもあれは見ず知らずの人だからこそ気楽に話せたんです。家族とか友人とかだと身近すぎて、かえって話しづらいことがあります。あとあとの付き合いというものがありますから。その点ゆきずりの人というのは秘密を打ち明けるにはうってつけだ。他人事として気楽に聞き捨ててもらえますからな。ですから、これから話すことも、そのつもりで聞いていただきたいのですが」

　窺うように私の顔を見た。何か話があるらしい。なんだろうと私は少し身構えた。

「それにこれは私の推理にすぎません。口外するなとは申しませんが、できれば、これから私の話すことはここを出たら忘れていただきたいのです」

「わかりました」

私はとりあえず承知した。口外するしないは話の内容次第である。まずは聞いてみなければ分からない。

「で、お話というのは？」

「前に家内が話したことですが、あれは事実とは少し違うのではないかと思うのです」

酒井さんは言葉を探すように少し黙っていたが、思い切ったように言った。

「違うといいますと？」

「私にはどうしても家内がアカという犬を殺したとは思えないのです。アカを殺したのは」

酒井さんは誰かに聞かれるのを恐れるように声を低めた。

「義父《ちち》だったのではないかと思ってるんです」

6

「奥さんの父親が？」

「ええ。私にはそう思えてなりません」

「でも、奥さんの手やねまきには血が付いていたというじゃありませんか。それは一体

——」

「義父が眠っていた道子の手やねまきにわざと付けたのではないかと思うのです。アカを殺したのは道子であると思わせるために。あ、道子というのは家内の名前ですが」

「それじゃ、自分の娘に犬殺しの罪を着せたというのですか？」

　私は唖然として訊き返した。

「そうです」

「なぜです？　なぜそんなひどいことを」

　犬好きの男が愛犬を惨殺して、片目までえぐり出し、それだけでは飽き足らず、それを幼い娘の仕業にみせかけたというのか。

　とても信じられない。

　あの優しそうな酒井夫人が子供の頃犬を殺したという話以上に信じられなかった。

「たぶん義父にはアカを殺さなければならない理由があったのでしょう」

　酒井さんはそう言った。

「義父が犬好きだったというのは本当です。アカのことをかわいがっていたのは事実でしょう。アカを憎くて殺したのではないと思います。何かそうせざるを得ない、苦しい事情があったのです」

「なんです。その事情というのは」

「義父はアカを恐れたのです。いえ、アカをというより、アカの犬としての習性を恐れたと言ったほうがいいかもしれません」

「犬としての習性？」

「ええ。犬の習性です。アカが放し飼いで育てられたこと。子犬から大人になりかけた頃に殺されたこと。この二つから考えて、私はあることに気がつきました。あなたも犬を飼っているならお分かりでしょう？　犬の嗅覚は鋭いものです。人間なら気がつかないようなかすかな臭気でも犬なら敏感に嗅ぎ取ります。しかも土の下に何か嗅ぎ取ると、一心不乱に地面を掘りたがります」

　それはいえる。ポチがまさにそうだ。狭い庭を何が面白いのか掘りまくっては、あちこちに穴ぼこを作るので、閉口した妻が、「小判でも見つけるつもりかしら」とよくこぼしていた。

「鋭い嗅覚。何でも嗅ぎ回ってはほじくり返す犬の性《さが》。成長したアカがそんな犬の習性を見せはじめたことを義父は恐れたのです」

「というと？」

「義父は庭に何か埋めていたのではないでしょうか。犬に掘り返されては困るもの。それが人目に触れては困るものです。とりわけ道子の目に触れさせたくないもの……」

　私には見当もつかなかった。

「義父はアカにそれを掘り返させないために、最初はアカをつないでおこうとしたと思います。犬好きだった義父がすぐにアカを殺そうとしたとは思えません。でも、子犬の頃から放し飼いで育ったアカはつながれると一日中哀れな声で鳴き通して、義父を困らせたのかもしれません。それで、とうとうひと思いにアカを殺してしまう決心をしたのです」

「その、庭に埋めたものというのは……？」

私はなんとなく答えを聞きたくないような気分になってきた。何かモヤモヤした黒いものが頭の中で朧《おぼろ》げな形を作りはじめていた。

「道子には見せたくないものです。そんなものが庭に埋めてあるとは絶対に知られたくないものです」

酒井さんはうわごとのように呟いた。

金銀財宝のたぐいではないことは確かだった。だとしたら――

「実は、私がこんな疑惑を持ったのは、入院した道子からあることを頼まれたのがきっかけだったのです。それまでは、家内の話はあの通りだと思っていたのです」

「あること？」

「ええ。道子は入院して、自分の死期を漠然と感じとったのかもしれません。ある日、見舞いに行った私に、母親の居場所を調べてくれと言い出したのです。母に会いたいと言うのです。もしまだ生きているなら一目でいいから会いたい。あれはそう言いました。

今まで母親のことはおくびにも出さなかったというのに。自分の人生の終わりを感じとって、幼い頃別れたままになっていた母親の消息を知りたいと思ったのでしょう。

昔、一度だけ母から来た葉書があるから、その住所をあたってみてくれ。家内はそう言いました。私はその通りにしました。その葉書を見つけ出し、差出人の住所をたずねてみたのです。でも、そのとき義母《はは》はいませんでした。三十年以上も前によそに引っ越していたのです。その住所に義母と一緒に暮らしていた男性の居所をつきとめることができました。私はその男性に会いにいきました。そこに義母もいると思ったからです。年が年だから、もう亡くなっているかもしれないとは思いましたが、そのときは形見なりなんなりを貰ってくればいい。とにかく消息さえ分かれば、道子を安心させてやることができると思ったのです。ところが――」

酒井さんは話の途中で、何を思ったのか、ふいに立ち上がると、簞笥のそばに行って、引き出しをあけ、中から何かを取り出してきた。それを私の前に差し出して、

「これを見てください。どちらも道子の母親が書いたものです」

それは古びた二枚の葉書だった。宛名は一方は娘あて、もう一方は男性名になっていた。差出人は、ともに同じ名である。しかし、私はあれと思った。

「それを同じ人間が書いたと思いますか」

酒井さんが言った。

筆跡が全く違っていた。とても同一人物が書いたものとは思えない。

「この男性は？」

「義母がしばらく一緒に暮らしていた男ですよ。その男の話によると、道子の母親と一緒に暮らしていたのは事実だが、同棲もわずか二月くらいしか続かず、ある日、子供の顔を見てくると言って出ていったきり、何日たっても戻らず、その葉書だけが届いたのだそうです」

男性名の宛名の葉書には、「やはり子供と離れて暮らすことはできない。夫のもとに戻ることにした」という内容の、つまりは別れを宣告するようなことが書いてあった。

「その男はそれを読んで、てっきり彼女は子供のもとに帰ったのだとばかり思ったそうです。それで、女のことはあきらめ、そのうち引っ越してしまい、二度と女には会わなかったというのです」

「どういうことなんですか、それは。でも、道子さんは母親には会っていなかったんでしょう？」

「そうです。道子は母親には会えませんでした。でも、義母はおそらくここに戻ってきたのです。ただ、道子に会う前に彼女の身に何かが起こった――」

私は息を呑んだ。

「義母はここに戻ってきたのに、娘には会っていない。しかも、義母は以前道子に出したのとは全く違う筆跡の葉書を男のもとに送った。この矛盾を解決する答えは一つしかありません」

私の中でモヤモヤしていた黒いものがハッキリとした輪郭をもちはじめた。

同じ差出人でありながら筆跡のまるで違う二枚の葉書。子供の顔を見に行ってくると言ったきり行方の分からなくなった母親。ある時期から飼い犬の習性を恐れはじめた父親。二枚めの葉書を書いて出したのは父親ではないか。ということは……。

「まさか、庭に埋められているのは？」

おそるおそるたずねると、酒井さんは頷いた。

「それ以外に考えられません。義母はこの家に帰っていたのです。そして二度と出ては、い、い、い、い、行きませんでした。ずっとここにいたのですよ」

「……」

「道子の母親は四十年以上も前に行方不明になっていたのに誰も気がつきませんでした。実家の者でさえ、彼女がここを出てどこかで暮らしていると思いこんでいたようです。母親はずっとここに眠っていたというのに。義父はそのことを隠すためにアカを殺したのです。

それだけではありません。アカ殺しを道子の仕業に見せかけることで、犬好きの娘に犬を飼うことを永遠にあきらめさせようとしたのだと思います。たとえアカを殺しても、道子がまた別の犬を飼えば同じことの繰り返しになりますから。

何も知らない道子が、義父が亡くなったあともこの家で犬を飼うことがないように、白骨化した母親の遺体が犬の爪で掘り起こされることがないように、道子の心に一生残るような傷をわざとつけたのです。アカ殺しの罪を道子になすりつけ、道子が自分の無意識の恐ろしさに怯えるようにしむけたのです。

それに、道子の夢遊病のことにしても、義父がそういっただけで、他の人の口からそんな話は聞いたことがありません。少なくとも、私がこの家に来てから、道子が夜中に夢遊病を起こしたことは一度もありませんでした。大人になって癒《なお》ったのだといえばそれまでですが、あれも義父のついた嘘だったのではないかと思います」

なんてことだ。

「まさか、そのことを奥さんには？」

酒井さんは弱々しく笑って首を振った。

「話しませんでした。母親はもう亡くなったと伝えただけです。亡くなっていることにかわりはないのですから」

「それじゃ、奥さんは何も知らないまま？」

「ええ。アカを殺したのは自分だと思いこんだまま亡くなりました。でも、これでよかったのです。父親が母親を殺して庭に埋めていたなどという、もっとひどい真実を知るよりは」

酒井さんは深い溜息をついた。

「それで、庭からは遺体は見つかったのですか」

私は唾を飲み込んでからたずねた。

「今話したようなことは私の想像と推理にすぎませんから、証拠を見つけるために、家内が入院している間に、庭を掘り返してみたことがあります。もし義母の骨が出てきたら、せめて供養くらいしてやりたいと思いまして。しかし、あちこち掘ってみたのですが、徒労に終わりました。こう広くては、どこをどう掘っていいものやらサッパリ分からなくて。手当たり次第にスコップを振り回しているうちに、あたりは暗くなるわ、腰は痛くなるわで、あきらめました。まさか、こんなことを他人には頼めませんし。せめて私に犬のような鋭い嗅覚でもあったらよかったのですが。人間とは不便なものです」

酒井さんはそう言って、やや歪んだ笑みを口元に浮かべた。

「でも、もしかしたら白骨は埋まっていないのかもしれませんね。すべてはあなたの妄想にすぎないとも……」

「もちろんそれは考えられます。私としては、そのほうがいいのですが」

酒井さんの推理は一応理屈としては納得できたが、それでも、やはり私には信じられなかった。

何が信じられないといえば、彼女の父親の心理である。たとえ、結果的には娘への愛情から出た行為とはいえ、アカ殺しの罪を着せて、幼い娘の心に一生消えない傷を負わせることを選んだ父親の心理は、私にはどうしても理解できなかった。

もし本当に庭に妻の遺体を埋めたなら、それを娘に知らせたくなかったなら、遺体を他に埋め直すとか、遺体を埋めた所に何か重たいものでも置いてしまうとか、もっと他の方法があったのではないか。

何もあえて娘の心を傷つけるようなことをしなくても——

そのとき、ふと私の頭にいつか妻が言っていたことが蘇った。

娘だって無意識に父を憎むことがある。

妻はそう言った。それならば、その逆だってありえるのではないか。

いや、父親だって無意識に娘を憎むことがある……と。

感情が複雑な二重構造になっていたのは、娘のほうではなくて、その父親のほうだとしたら？

愛情も憎悪もひっきょう同じ根から咲く花なのかもしれない。

「あの、奥さんは、母親似でしたか」

酒井さんにたずねてみた。

「そうですねえ。古い写真など見ると、よく似ていたみたいですね」

酒井さんはそう答えた。

妻によく似た娘。妻は夫を愛してはいなかった。そして年老いた夫はそれを知っていた。娘への愛情が時折、妻への憎悪と重なって……？

いや、やはりこれは考えすぎというものだろう。

私は暗い想像を振り払うように頭を振った。

すべては目の前の老人の妄想の産物に違いない。この家の庭に白骨が埋まっているとか、それを隠すために、父親がわざと娘に犬殺しの罪を着せたとか、やはりどう考えても荒唐無稽だ。そうだ。妄想の産物だ。それに違いない。

人間はあまり孤独に浸りすぎると、とんでもない妄想を抱くものだ。今の酒井さんがそれだ。二人の娘を嫁がせ、長年連れ添った妻に先だたれ、この広い家に一人ぼっちになってしまった孤独な男が、鉢植の花でも育てるように育ててしまった暗い妄想。

そうだ。それに違いない。

そう思いかけたとき。

裏のほうで犬の鳴き声がした。ポチだ。ポチが鳴いている。

ふと酒井さんの顔を見ると、待っていた電話のベルの音を聞きつけたみたいな、そんな表情をしていた。

私はあっと思った。酒井さんが今日なぜ私を公園で待っていたのか。なぜ私をこの家に連れてきたのか。なぜ玄関の所でポチを自由にしてやれと言ったのか。

この老人の胸に秘められていた思惑がこのとき一挙に分かったような気がした。

私をここへ連れてきたのは、夫人の仏前に線香をあげてもらうためではない。こんな昔の打ち明け話をするためだけでもない。

ポチだったのだ。目当ては最初からポチだった。ポチをこの庭に放すこと。犬の鋭い嗅覚と鋭い爪が必要だったのだ。地面の下にあるものを嗅ぎ当て、土を掘り起こすために。

ポチはまだ鳴いていた。

何かを発見したとき、私たちを呼ぶために張り上げる、甲高い、あの得意げな鳴き方で。

白いカーネーション　LETTER IN MAY

「あのさあ――」

ふすまの陰から声がした。

洗濯物にアイロンをかけていた手をとめて、佳奈子《かなこ》が振り返ると、トイレから出てきたところなのか、半ズボンの尻で濡れた手を拭きながら、次男の康二《こうじ》が立っていた。

妙にもじもじしている。

「なによ」

「前から気になってたんだけどさ」

「あれ、どうして白くないの？」

そう言いながら、廊下の向こうを振り返った。

「あれって？」

「仏壇のカーネーション」

廊下のはずれに仏壇を祀った和室がある。通りすがりに目にしたらしい。

「あれ、お父さんがおばあちゃんのために買ってきたんだよね」

康二は慎重な口ぶりで言った。

「そうよ」

「毎年、飾ってるよね」

そう言いながら、廊下のほうをさまよっていた康二の視線が、茶の間のテーブルの上に飾られた赤いカーネーションに注がれた。

五月の第二日曜日。母の日だった。茶の間に飾られたみずみずしい赤いカーネーションの束は、兄の伸一《しんいち》とお小遣いを出しあって、康二が佳奈子のために買ってきてくれたものである。

「おばあちゃんは死んだんだよね」

「康二が生まれる前に亡くなったのよ」

「だったら、死んだ母親にあげるのは白いカーネーションじゃないの？　学校の先生がそう言ってたよ。それに、中山んとこさ、去年、お母さんが死んだでしょ。だから、今年は白いカーネーション飾るんだって言ってたよ」

クラスの友達の名をあげた。

佳奈子はアイロンをかける動作を再開しながら、下を向いて含み笑いをした。男のくせになどと言ったら怒られるかもしれないが、今年九つになる、この次男には、女性的というか、妙に細かいことに気がつくところがあって、時々苦笑させられた。

母の日には、必ず仏壇に赤いカーネーションが飾られることに、いつからか、目ざとく気がついていたらしい。

ただ、死者に捧げられるその花の色が、学校で教えられた知識とは違うことに、小さな頭を悩ましていたようだ。

「本当は白いのを飾らなくちゃいけないんじゃないの。お父さん、間違ってるんじゃない」

片足でもう一方の足を掻きながら言う。

「いいのよ、あれで」

佳奈子は俯いたまま答えた。

「なんで」

「うちはいいのよ、あれで」

「白じゃなくてもいいの？」

まだ腑に落ちないというように、しつこく訊く。よく子供は常識に縛られないというが、それはある意味では嘘だと佳奈子は思っている。子供のほうが大人以上に社会通念や常識にしがみつくものだ。それがおぼえたてのものであれば尚更に。

「赤くてもいいのよ。というか、赤くなくちゃいけないのよ」

佳奈子は顔をあげて康二を見た。

康二は「なんで?」というように、目を真ん丸にしていた。

まるで童謡に出てくる烏の子みたいな目だわ、と佳奈子は吹き出しそうになった。

しかし、康二のことを笑えない。佳奈子だって、この家に嫁いできて、はじめて迎えた母の日に、今の康二とまったく同じ思いをしたことがあったのだから。

あのとき、おそらく、佳奈子もこんな目をして、カーネーションを渡す夫を、そしてそれを受け取る姑を見詰めていたに違いない。

あの光景は今でも忘れない。

にこにこしながら母親にカーネーションの束を渡した夫。それをやはり嬉しそうに受け取る姑。父親を亡くしてから、十年以上も二人っきりで寄り添うように生きてきた母子の間で、毎年繰り返されてきたであろう、ささやかな儀式。

佳奈子も微笑みながら見ていただろう。もし、夫の差し出したのが、ふつうの赤いカーネーションだったなら。

＊

あの日、十五年前の母の日、奇《く》しくも、佳奈子はちょうど今の康二が立っているところで、それを見ていた。

台所で洗い物を済ませて、茶の間に入ろうとしたときだった。夫の伸行《のぶゆき》が、「母さん、これ」と言って、カーネーションの束を姑の康子《やすこ》に渡しているのを目にしたのだ。

ああ、今日は母の日か、と思い出して、思わず微笑みかけた佳奈子の頰が強張った。

夫が手にしているのは、赤いカーネーションではなかったからである。

白いカーネーション？

佳奈子は一瞬ぽかんとした。

生きてピンピンしている母親に白いカーネーションだなんて、縁起でもない。咄嗟にそう思った。

夫は何か勘違いをしている。それとも悪戯のつもりだろうか。そんな考えがちらりと脳裏をよぎった。

しかし、佳奈子を唖然とさせたのはそれだけではなかった。

白いカーネーションの束を差し出された姑の反応も異様だった。

康子はそれを受け取ると、怪訝そうな顔もせず、「どうもありがと」と言って、花の匂いを嗅ぎ、いそいそとした物腰で、ガラスの花瓶に移したのである。

まるで赤いカーネーションでも貰ったように。

白い花を差し出す夫も笑顔なら、それを受け取る姑も笑顔だった。

佳奈子はしばらくぽかんとしていたが、伸行が茶の間から出てきたので、慌ててその腕を取り、廊下の奥まで引っ張ってきた。

「どういうつもり？」

茶の間にいる康子に聞こえないように、声を潜めて夫に詰め寄った。

「なんだよ」

「白いじゃない」

「なにが」

「カーネーションよ」

「……」

「あなた知らなかったの。白いカーネーションてのはね、亡くなった母親に捧げるものなのよ」

「知ってるよ、それくらい」

伸行は面倒くさそうに言って、つかまれていた腕を振りほどいた。

「知ってるなら――」

「きみには言ってなかったけれど、うちでは白いカーネーションなんだよ。おれは十のときから、ずっと母の日には白いカーネーションを贈り続けてきたんだ。おそらく、これからもね。おふくろもそれを喜んでるんだよ」

口元は笑っていたが、夫の目は笑っていなかった。はじめて会ったとき、象さんみたいで優しそうだと佳奈子が感じた、伸行の目が、他人を見るような冷たさで光っていた。

その目を見ると、それ以上のことを訊く気が失せてしまった。

ただ、このときから、はた目には仲のよさそうな、この血のつながった母子の間に、他人には踏みこむことのできない秘密がありそうだということに、佳奈子は薄々気がつきはじめていた。

その年、白いカーネーションは、離れの康子の部屋の文机の上で、枯れるまで飾られていた。

＊

この奇妙な儀式は翌年も繰り返された。

母の日には、伸行は康子に笑顔で白いカーネーションを贈り、康子もそれを笑顔で受け取った。そして、白い花はガラスの花瓶に移され、康子の部屋の文机に枯れるまで飾られていた。

なぜ伸行がまだ生きている母親に白いカーネーションを贈るのか。そして、なぜ康子はそれを厭な顔もせずに受け取るのか。

佳奈子がその理由を知ったのは、長男の伸一を生んだ年だから、嫁いで、ちょうど三年めのことだった。

その年、伸行は仕事の関係で、四月の末から一カ月ほど、海外に出張していた。だから、今年の母の日には、白いカーネーションが康子の部屋を飾ることはないだろうと、佳奈子は、なんとなくほっとするような気持ちで思いこんでいたのだが、驚いたことに、その年も、母の日になると、ちゃんと花屋から白いカーネーションの束が康子あてに届いたのである。

伸行が前もって注文しておいたらしい。花屋の配達員から白い花束を受け取ったとき、康子の顔にはいつもの笑みはなかった。その顔を見て、毎年康子が見せていたあの笑顔は、やはり作りものであったことを佳奈子は思い知らされた。

海外にいても、母の日に白いカーネーションを母親に贈るのをけっして忘れない夫。その心のありように、佳奈子は寒けのようなものすらおぼえた。

その年、伸行は二月生まれの佳奈子の誕生日のことはケロリと忘れていたのである。けっして、こういうことにまめな性格ではなかった。

それなのに、母の日のことはおぼえている。けっして忘れない。このとき、佳奈子は、母の日に白いカーネーションを贈り続ける夫に、何か執念のようなものを感じた。

二人の間に何があったのだろう。もう理由を訊いてもいい頃だ。佳奈子はそう思った。嫁いできたばかりのときは、まだ他人という意識が強くて、二人の領域にどうしても踏み込めず、夫にも姑にも白い花の理由を訊けなかった。しかし、今は違う。もうわたしはこの家の人間だ。家族だ。伸一を生んだ頃から、そういう自信が佳奈子の中に生まれつつあった。

母親になってはじめて、母親としての姑と、位負けせずに向かい合えるような気がしていた。

伸一を寝かしつけてから、佳奈子は康子の部屋を訪れた。「少し話したいことがある」と言うと、康子は快く中に入れてくれた。

いつものように、白いカーネーションが文机の上のガラスの花瓶に生けられていた。いそいそと茶菓の支度をする姑に、佳奈子は思い切ってたずねた。

「そのカーネーションのことなんですが」

「ああ、これ」

康子はちらと花を見ると、

「伸行は今年も忘れなかったわ。あの子ったら、母の日を一度も忘れたことがないのよ。孝行息子でしょ」

まるで自慢でもするような口調で言うと、乾いた笑い声をたてた。

「でも、白いカーネーションなんて——」

そう言いかけて佳奈子は次の言葉が続かずに黙った。

康子のほうもしばらく何も言わず、ポットの湯を盆の上の急須に注ぎこんでいたが、俯いたまま言った。

「伸行から聞いたことないの？」

「いいえ、何にも」

佳奈子は首を振った。

「そう」

康子は小さく溜息をつくと、湯呑のひとつを佳奈子に差し出し、もうひとつを自分の両手で包みこんだ。

「これが白いのはね」

湯呑のあたたかさを両手でいとおしむように撫で回していた康子がポツンと言った。

「わたしが死んだから」

「え？」

佳奈子は飲みかけたお茶にむせそうになった。

シンダ？

「わたし、ずっと昔に死んだのよ」

康子の口元にうっすらと刷いたような微笑が浮かんでいた。

「死んだって――」

「伸行が十のときにね、わたし、殺されちゃったのよ」

この人は一体何を言ってるんだろう。

佳奈子は意味も分からず、ただ目の前の姑の顔を呆然と見詰めていた。

「こ、殺されたって誰にですか」

「伸行」

康子が囁くように言った。

佳奈子は声が出なかった。

「そんな顔しないでよ。いきなり、殺されたなんて言ったんでびっくりした？」

康子は笑い出した。

「佳奈子さんって、きまじめだから、からかい甲斐があって楽しいわ」

「冗談なんですか」

からかわれたと知って、佳奈子は少しきつい声を出した。

「わたしね、若い頃、恋をしたの」

ふいにはぐらかすように、康子が言った。楽しげな声だった。

「恋、ですか」

「そうよ。今から二十年も前の話だけど。夫も子供も捨ててもいいと思えるような恋をしたの」

佳奈子は唖然とした。康子にそんな過去があったなんて、想像したこともなかった。

「三年生の担任になったとき、受け持ったクラスに、長谷川芳治《はせがわほうじ》という生徒がいたのよ」

康子が若い頃に小学校の教師をしていたことは知っていた。

「色の生白い、目ばっかり大きな小柄な子だったわ。美少年だったけれど、クラスのいじめられっ子だった。家であまりお風呂に入らないらしくて、首や手足が垢だらけで臭ったのよ。

おまけに、身体も弱くて、給食の時間に牛乳を吐いたり、授業中にトイレを我慢していておもらしをしてしまったりと、何かと問題のある子だった――」

康子は、文机の上の白いカーネーションを見詰めながら話しはじめた。

「家庭訪問をして分かったんだけれど、その子のうちは、母親が早くに亡くなって、父親と二人暮らしだったのね。父親はその道ではかなり名の通った版画家で、仕事部屋に朝から晩までこもりっきりで、子供のことなんか全くかまわない、いわば芸術家肌の人。家政婦を雇っても長く続かないらしくて、その家には芳治の面倒を見るような女性の手がなかったのよ。

それで、気になったわたしは、放課後とか休みの日を利用して、芳治の家に足を運び、何かと世話を焼くようになったの。ごはんを作ってあげたり、お風呂に入れてあげたりね。最初は担任教師としての義務感からしたことだったわ。でも、芳治の父親はそんなわたしをうっとうしがって、教師なら教師らしく、教壇でものを教えていればいい、人のうちにあがりこんで家政婦みたいな真似をするなって、追い返されたこともあったわ。それでも、芳治が不憫《ふびん》で、通い続けているうちに——」

康子が鋭く息を吸い込む音が聞こえた。

「わたし、自分が恋してしまったことに気がついたの」

「まさか、相手は、その——？」

佳奈子は思わず問い返した。

「そうよ。長谷川芳治の父親に。最初は、なんて傲慢《ごうまん》で厭な奴だろう、版画家としてはどんなに有名だか知らないけど、こんな男が父親では芳治が可哀そうだと思っていたのにね」

そのとき康子は三十六で、むろん、既に見合い結婚で結ばれた夫がおり、一粒種の伸行は十になっていたという。

康子は当時をなつかしむように遠い目になった。

「最初はわたしのことをうっとうしがっていた長谷川も、そのうち態度が少しずつ変わってきたわ。わたしのほうも夫とは全くタイプの違う長谷川にだんだん魅力を感じるようになっていったの。半年ほどそんなことが続いて、長谷川から、夫と別れて一緒になってくれないかって言われた。芳治の母親になって欲しいって。

夫は世間体というものを何よりも気にする人だったから、長谷川とのことを話せば、きっと離婚に応じてくれると思った。それに、夫には結婚前から付き合っていた女性がいて、わたしに隠れてまだ関係が続いていることを知っていたから、夫と別れることはそれほど難しくはないと思ったの。

ただ、問題は伸行のことだった。あの子のことを考えると、どうしても踏ん切りがつかなかったのよ。離婚となれば、一粒種の伸行を夫が手放すはずがない。あの子と別れなければならない。そう思って、ずいぶん迷ったわ。でも、迷った末に、わたしは決心したの。この家を出て、長谷川の所に行こうって。長谷川を愛していただけじゃないわ。芳治には母親が必要だと思ったからよ。あの身体の弱い、いろんなアレルギーを抱えた子には、どうしても身近にいて、小まめに面倒を見てあげる女親の手が必要だと思ったから。

芳治に比べると、伸行は身体は丈夫だったし、年のわりにはしっかりしたところがあって、あまり手のかからない子だったわ。わたしがいなくなっても、今までどおり、やっていけると思った。だから、わたしを必要としているのは、芳治のほうだって――」

ようやく決心のついた康子は長谷川に電話をしたのだという。日曜日だった。康子の夫と伸行は公園にキャッチボールに出かけて留守だった。その隙をぬって、康子は長谷川に電話をかけて、『この家を出る決心がついた』と言った。すると、長谷川は喜んで、『来週の日曜は母の日だから、そのことを亡妻の墓前で報告したい。芳治と三人で墓参りに行こう』と言い出したのだという。

康子はそれを承知した。

「でも、結局、お義母《かあ》さんはその長谷川という人の所へは——」

佳奈子は口をはさんだ。

「ええ、行かなかったわ。というか、行けなかったのよ」

康子は溜息混じりに言った。

「何かあったんですか」

「前日の土曜日に、伸行が片足を折る大怪我をしてしまったの。放課後、学校のジャングルジムで遊んでいて、てっぺんからふざけて飛び下りたのね。それで救急車で病院に運ばれて。全治三カ月だと診断されたわ。まさかベッドで苦しんでいる伸行を残しては行けないじゃない」

「それで、長谷川という人とは？」

佳奈子はたずねた。

「それっきり」

康子はあっさりと答えた。

「それっきり？」

「それっきりよ。二度と会えなかった」

「どうしてですか」

「事故を起こしたのよ」

「事故って？」

「長谷川は芳治を車に乗せて、二人きりで亡妻の墓参りに行ったの。その途中、遮断機の降りかかっていた踏み切りを無理に渡ろうとして、遮断機の端を車に引っかけてしまったのよ。それで車が動けなくなっていたところへ、急行列車が――」

「……………」

「二人とも即死だったそうだわ。もし、わたしがあの車に乗っていたら、わたしもあそこで死んでいたでしょうね」

佳奈子はここまで聞いてきて、康子の言った、「わたし、ずっと昔に死んだのよ」という言葉の意味をようやく理解した。もし、あのとき長谷川の車に同乗していたならば、という意味だったに違いない。

「でも、それなら、お義母さんを救ったのは伸行さんだったってことになるじゃありませんか」

佳奈子は言った。

「だって、伸行さんが前の日に足を骨折しなければ、お義母さんは長谷川さんの車に同乗してたわけですから」

康子はしばらく黙っていたが、

「そうね。佳奈子さんの言う通りかもしれないわ。わたしは捨てようとしていた我が子に命を救われたことになるのね。でも、命は助かったけれど、あのとき、やっぱりわたしは死んだのよ。というか、死んだことにされてしまったのよ……」

「それはどういうことですか」

「さっき伸行に殺されたって言ったでしょ。あれ、冗談じゃないのよ。あの事故があったあと、夫にはまだ長谷川のことを話してなかったし、わたしたちのことを知っている人間が周囲に少なかったことをいいことに、わたしは何食わぬ顔をしてこの家にとどまろうとしたの。

女ってずるいわよね。行くあてがなくなったら、何もなかったような顔をして、もとのさやにおさまろうっていうんだから。あの踏み切り事故のことは、わたしにとっては、受け持ちの生徒とその父親が死んだというだけのこと、わたしには関係のないことだということにしてしまおうとしたのよ。

でも、そんなわたしを一人だけ許さなかった人間がいたわ。それが伸行だった。退院したあと、母の日に渡せなかったからって、ある日、あの子はカーネーションをくれたわ。白いカーネーションだった。驚いているわたしに、あの子、にこにこしながらこう言ったわ。『母さんはあの踏み切り事故で死んだんだよね。だから、これからはずっと白いカーネーションを贈るよ』」

＊

佳奈子は息を呑んだ。

「伸行は知っていたのよ。わたしと長谷川のことを。わたしがあの子を捨てて、長谷川芳治の母親になろうとしていたことを。たぶん、あの日、長谷川に電話をしていたときに、話を聞かれたのだと思うわ。公園にいるとばかり思っていたけれど、何か用があって、いったんうちに戻ってきたんじゃないかと思うの。それでわたしの話を聞いてしまったのね。

だから、わざとジャングルジムから飛び下りて、怪我をしたのよ。自分が大怪我でもすれば、わたしが日曜日に長谷川のもとに行かないと思ったんでしょう。

そして、あの事故のあと、わたしはこの家に何食わぬ顔してとどまったけれど、伸行の中で、母親としてのわたしは死んでしまったのね。その年から毎年かかさず白いカーネーションをくれるようになったわ。この二十年間、欠かさずずっと。わたしは二十年前のあの日から、生きながら葬り去られてしまったのよ……」

康子は文机の上の白い花を見ながら、淋しそうに笑った。

「そうだったんですか」

佳奈子はただ溜息をつくばかりだった。

白いカーネーションの謎を聞いてみれば、伸行の気持ちも分からないわけではなかったが、二十年も生きながら死者として扱われてきた康子の心中を想像すると、肌に粟立《あわだ》つ思いがした。

「あの、わたしからそれとなく伸行さんに言ってみましょうか」

佳奈子は思い切ってそう言った。

「言うって何を？」

康子の目がきらりと光った。

「もうこんなことはやめにしたらって――」

「あなたが言っても無駄よ」

康子はそっけなく言い返した。

「そうでしょうか」

「これはわたしたち母子の問題だから」

やんわりとした口調だったが、鼻先でピシャリと戸を閉められたような気がして、佳奈子ははっとした。

「それに――」

康子はふと視線を宙に浮かせて言った。

「あの子にもいずれ分かるわ」

うわごとのような口調だった。

「いずれ分かる？」

「そうよ。いずれ分かるわ、わたしが死ねば、なにもかも」

康子は謎めいた言い方をした。なにもかもってどういうことだろう、と佳奈子は怪訝《けげん》に思った。

「そうだわ」

ふいに康子は悪戯でも思いついたような顔になった。

「今から佳奈子さんにお願いしておこうかしら」

そう言って、どことなくカワウソを思わせる、目尻のあがった小さな目をきらきらと輝かせた。

「なんですか」

「わたしが死んだらね」

康子は言った。

「もし、わたしが死んだら、押し入れの中にある文箱を開けて、田辺克江《たなべかつえ》という人から来た手紙を読んで欲しいの」

「いいんですか、そんなことして」

佳奈子は驚いて訊き返した。

「いいわ。それを読めば、なにもかも分かるから」

「その田辺さんというのは？」

「読めば分かるわ」

康子は謎めいた笑い方をして、そう繰り返した。

*

あのとき、康子は自分の死期を漠然と感じ取っていたのではないだろうかと、あとになって、佳奈子は思うことがあった。

それというのも、康子が亡くなったのは、奇しくも、佳奈子にこの話をした年の暮れだったからだ。死因は心不全だった。享年五十六。さほど苦しまず安らかな死顔だった。

葬儀を済ませて、妙にがらんとしてしまった茶の間に夫と二人きりになったとき、佳奈子は伸行に言った。

「これで、来年からは本当に白いカーネーションね」

煙草に火をつけようとしていた伸行は、一瞬手をとめて、ちらと妻の顔を盗み見た。

「おふくろから聞いてたのか」

佳奈子は黙って頷いた。

「二十年も許せなかったの?」

伸行は何も答えず、煙草に火をつけた。

「そういえば——」

佳奈子はふと思い出して言った。

「お義母さんから頼まれていたことがあったのよ」

「頼まれていたこと?」

「わたしが死んだら、押し入れの文箱を開けて、田辺克江という人から来た手紙を読んで欲しいって」

「田辺?」

伸行も知らない名前らしい。

「何かしら」

「読んでみれば分かるんじゃないのか」

「そうね」

佳奈子は立ち上がると、茶の間を出て、康子が使っていた部屋に行った。押し入れを開け、きちんと整理されていた中を見回して、文箱らしい箱を見つけると、それを取り出した。

蓋を開けると、中には古い手紙や葉書の束が入っていた。年ごとに輪ゴムでとめてある。

「タナベカツエ。タナベカツエ」

康子から聞いていた名前を、口の中で呪文のように唱えながら、古い手紙の束をひっくりかえしていると、定形よりもやや大きめの封書の差出人に、その名前を見つけた。

消印を見ると、昭和三十七年とある。二十年も昔のものだった。ある予感を感じて、佳奈子は中を改めた。封書の中には、畳まれた、もう一通の定形封筒と、便箋が二枚入っていた。

定形封筒のほうの宛名を見ると、「長谷川彰治様」とあった。差出人は、康子だった。消印は、やはり昭和三十七年の五月になっている。

二十年前、康子が長谷川あてに出した手紙らしい。

佳奈子は同封してあった便箋を開いた。既に黄ばんだ便箋には、細い神経質そうなペン字がびっしりと詰まっていた。

「拝啓。

突然お便りを差し上げるご無礼をお許しください。先日、弟の遺品を整理しておりましたところ、あなた様のお手紙が出てまいりましたので、私の一存にて、ご返却申し上げます。

まことに失礼ながら、封が切ってありましたので、中を読ませていただきました。これを読んで、弟の事故死の本当の原因が分かったような思いがいたしました。

お酒など一滴も飲めなかったはずの弟がなぜ飲酒運転のすえに、あんな事故を起こしてしまったのか。やっと理由が分かったのです。もちろん、あの事故があなた様のせいだなどと申し上げるつもりはございません。しかしながら、あなた様が弟にこのような手紙をお書きにならなければ、弟が昼間から酒を飲んで車を運転するなどということも起きなかったような気がしてなりません。ましてや、遮断機がおりかかっている踏み切りを無理やり渡ろうとするなどということも。すべて、お酒に酔って、弟が正常な判断力を失っていたとしか思えません。

いいえ、今更こんな愚痴めいたことを申し上げてもしかたのないことでしょう。それでも、何も知らずに巻添えを食って死んでしまった芳治が哀れでなりません。芳治は、事故の前日、倉敷にいる私のもとにわざわざ電話をかけてきて、『ぼくにもお母さんができるんだよ。これからは赤いカーネーションだよ』とそれは嬉しそうにはしゃいでおりました。

ちなみに、芳治の遺体は赤いヽカヽーヽネヽーヽシヽョヽンヽをしっかりと抱いておりました。なぜ、芳治の抱えていたカーネーションが赤かったのか、あなたに想像がつきますか。死んだ母親の墓に供えるつもりで持っていた白いカーネーションが、芳治の血で真っ赤に染まっていたのです」

最後の一文が佳奈子の胸を突き刺した。おそらく、二十年前、この手紙を読んだ康子は、もっと胸をえぐられるような思いがしたに違いない。

それにしても、この手紙は一体どういうことなのか。田辺克江という女性は、どうやら文面から察するに、長谷川の姉らしい。改行の少ない、丁寧すぎる文章の行間から、康子への恨みが立ちのぼってくるような文面だった。

しかし——

「見つかったか」

同封されていた定形封筒のほうを手に取ろうとしたとき、声がした。見上げると、伸行が立っていた。

「ええ。これみたいなんだけれど。なんだか妙なことが書いてあるの」

佳奈子はそう言って、今読んだばかりの田辺克江の手紙を渡した。

伸行はそれを立ったまま読んでいたが、すぐに読み終わると、強張った表情のまま、佳奈子の手にあったもう一通の封書をひったくるように取って、目を走らせた。

「そんな馬鹿な」

伸行が呟いた。便箋をつかんでいた手が震えている。

「どうかしたの」

佳奈子は座ったまま、夫を見上げた。

「そんなはずはない。あのとき、ちゃんと聞いたんだ。母は電話で話していた。玄関の所でおれは聞いたんだよ。母が長谷川という男と話しているのを。この家を出ると言ってた。おれも父も捨てると言ってたんだ。そう言ってるのを、ちゃんとこの耳で聞いたんだ。それなのに、なぜこんな手紙を――」

伸行の手から便箋が落ちた。佳奈子はそれを拾いあげると、文面に素早く目を走らせた。

「前略
先日はお電話であのようなことを申し上げましたが、その後、一晩考えて気持ちが変わりました。わたしにはやはりこの家を出ることはできません。夫とは別れられます。でも、子供を捨てることはどうしてもできないことに気がついたのです。あなたのもとに行くことはできません。芳治の母親になることもできません。わたしは伸行の母親なのですから。ごめんなさい。母の日には、わたしはこの家にいます」

これが、二十年前、康子が最後に下した決断だった。

「この消印からすると、母はこの手紙を、長谷川に電話をした翌日に出したみたいだ」

いつのまにか、佳奈子のそばであぐらをかいていた伸行が、黄ばんだ定形封筒の表を見ながら呟いた。

「手紙にも、『一晩考えて』とあるから、きっと、お義母さんは電話をしたあとで、気が変わったのね。それで、すぐに、こんな手紙を書いたんだわ」

佳奈子の脳裏に、一睡もせずに文机に向かってペンを走らせている康子の姿が浮かんだ。

「お義母さんはうちを出る気はなかったのよ。あなたの怪我がなくても、長谷川さんの所へ行くつもりは最初からなかったんだわ。ということは、お義母さんが長谷川さんの車に同乗して、あの踏み切り事故に遭うことはなかったということなのよ」

「そんな。それなら、なぜそのことを言ってくれなかったんだ。おれが白いカーネーションを渡したとき、それを一言言ってくれてさえいたら——」

伸行は手にした封筒を握り締めて、呻くように言った。

伸行の言う通りだ、と佳奈子は思った。この手紙に書いてあることが、康子の最後の決断だとしたら、なぜそれを伸行に伝えなかったのだろう。あのとき、うちを出る気はなかったのよ。あなたを捨てる気はなかったのよ。あのあとで気が変わったのよ。そう伝えてさえいたら、二十年もの間、白いカーネーションを伸行から贈られるはめにはならなかったはずだ。

「もしかしたら――」

佳奈子の視線が、田辺克江の手紙の一文にくぎづけになった。

『死んだ母親の墓に供えるつもりで持っていた白いカーネーションが、芳治の血で真っ赤に染まっていたのです』

末尾の衝撃的な一文。

この手紙を読んだとき、康子の胸をえぐらずにおかなかったであろう、この一文が、康子にある決心をさせたとしたら？

克江からの手紙を読んで、康子は、長谷川父子の事故死の原因の一端が自分にもあることを知ったに違いない。そして、自分だけがもとのさやに何食わぬ顔でおさまることに罪の意識を感じたに違いない。

康子が愛した一人の子供は、赤いカーネーションを抱いて死に、もう一人の子供は、ある誤解から白いカーネーションを彼女に差し出した。

このときから、康子のなかに、自らを生きながら死者とすることで、二人の子供の母親になろうという意志が生まれたのではないだろうか。

生きているうちは、芳治の母親に。そして、死んでからは伸行の母親に。こうすることで、どちらかの子供を選ばなければならなかった自分の運命に、折り合いをつけようとしたのではないか。

佳奈子はこんな思いつきを夢中で夫に話した。

「だから、お義母さんは、わたしが死んだら田辺克江からの手紙を読めと遺言を遺したのよ。生きている間、あなたから白いカーネーションを甘んじて受けていたのはそのためよ。死んでから、あなたの母親として蘇るためだったんじゃないかしら」

「………」

伸行はうなだれて黙っていた。二十年たってはじめて知った、母親の心の真実に打ちのめされたように。

その翌年の五月の第二日曜日。伸行が康子の遺影の前に供えたのは、目にも鮮やかな赤いカーネーションだった。

＊

「お母さんてば」

康二の声で、佳奈子は我にかえった。

「なんで赤くてもいいんだよ？」

「え？」

「カーネーションだよ。おばあちゃんは死んでるのに、なんで赤いカーネーションなんだよ」

「それはね、おばあちゃんはまだ死んではいないからよ。だから、うちではずっと赤いカーネーションを飾るの」

佳奈子はたてかけておいたアイロンのほうに手を伸ばしながら言った。

「それ、どういうこと」

「どういうことでもいいの。もっと大きくなったら、理由を話してあげる」

「大きくなったらっていつ？」

「さあ、いつかしらね」

表のほうから弟の名前を呼ぶ伸一の声がした。

「ほら、お兄ちゃんが呼んでるわよ。行かなくていいの」

「あ、うん」

康二は慌てて出て行こうとした。

「康二。ちょっと」

佳奈子はふと思い立って、次男を呼びとめた。

「なに？」

廊下の半ばほどで、康二は立ち止まって振り返った。カワウソを思わせる目つきが、ありし日の康子に似ているな、と佳奈子は思った。

「あんたの名前、どこから取ったか知ってる?」

佳奈子は笑いながらたずねた。

「知らない」

「おばあちゃんの名前から取ったのよ」

「へえ、ホント。おばあちゃん、なんて名前だったの」

「康子」

「ふーん」

康二はさほど関心なさそうに生返事をすると、玄関のほうへ駆けて行った。

その後ろ姿に向かって、佳奈子は呟いた。

「お父さんがつけたのよ」

茉莉花　LETTER IN AUTUMN

1

「お待たせしました」

出されたお茶を啜り終えた頃、応接室のドアが開いて、添田康子《そえだやすこ》が入ってきた。

「文泉社の方ですって？」

ソファに座りながらたずねる。

九月も半ば。しまい忘れた風鈴がどこかで時折、かぼそい音をたてていた。開いた窓から射し込む日射しも、首筋を撫でていく風も、すっかり秋めいている。

「『小説北斗』編集部の吉川《よしかわ》と申します」

私は立ち上がると、名刺入れから名刺を出して渡した。

「吉川さん？」

添田康子は覚え込むように、名刺と私の顔を見比べた。

「それで、どんなご用件かしら」

名刺をテーブルの脇に置くと、添田は言った。

「実は、再来月号に女流作家ばかりを集めた特集を組むことになりまして、つきましては、先生にも五十枚ほどの短編をお願いできないかと――」

「私に？」

添田は少し意外そうな顔をした。

「はい」

「でも、『小説北斗』といえば、大人向けの雑誌でしょう？　私は今まで少女小説しか書いたことがないし」

添田は頬に軽く指をあて、考えるような顔になった。

「それは存じておりますが、いかがなものでしょう、これを機に、先生もそろそろ大人向けの小説に手を染められては」

「そうねえ、私もできればそうしたいとは思っていたんだけれど」

添田は幾分心を動かされたような表情で呟いた。

私は再来月号の企画を手短に説明した。

「面白そうね。やってみようかしら」

添田の目が輝いた。

「それで締め切りはいつなの？」

身を乗り出すようにたずねる。すっかりやる気になったようだ。

「締め切りは——」

私は手帳を取り出して開いた。

そのとき、庭のほうからふいに琴の音が響いてきた。つい、そのほうに顔を向けると、添田は、「母なんです」と弁解するように言った。

さっき、お茶を運んできてくれた和服の老婦人のことだろうか。そういえば、玄関に、「おこと教室」という看板が出ていたことを思い出した。

世田谷の閑静な住宅街の一画。しめやかな琴の音色がよく似合う。

手帳のほうに顔を戻して、締め切り日を言うと、添田は壁にかかったカレンダーのほうをちらっと見て、

「その日までなら大丈夫だと思うわ」

「そうですか。それではよろしくお願いいたします。あの、それで、少し気が早いかもしれませんが、忘れないうちに先生のプロフィールなどを伺っておきたいのですが」

私は畳み込むように言った。

「プロフィール?」

添田は怪訝そうな顔をした。

「はい。うちの雑誌に先生に登場していただくのは今回がはじめてですので、少し詳しいプロフィールを巻末に載せたいと思いまして」

「ああ、そう」

「それで、生年月日とか、お生まれ、ご本名、出身校なんかを教えていただきたいのですが」

「あらあ、生年月日なんか載せるの」

添田はすっとんきょうな声をあげた。

「さしつかえがなければ」

「読者に年がばれちゃうじゃない」

「ばれて困るようなら省略しますが」

「困るわけじゃないけど、おおっぴらに吹聴するほど若くもないしねえ」

添田康子は、まだ二十代の学生だった頃に、少女小説家としてデビューした。そこそこに名前が売れて、作家生活も十年を越えている。若くないといっても、まだ三十五にはなっていないはずである。私より少し上くらいだろう。

「それで、ご本名は――」

生年月日、生まれ、と聞いてきて、手帳に書き留めながら、私は先を促した。

少し沈黙があったあとで、

「添田マリカ」

という答えがかえってきたので、私は顔をあげた。

「康子というのは本名じゃないんですか」

「いいえ。本名はマツリカ。マツリカと書くのよ」

「マツリカ……」

「ほら、森茉莉《もりまり》さんの茉莉という字に、花を付けて、茉莉花《まりか》」

そう言いながら、指でテーブルに書いてみせた。

「ああ、分かりました」

私は頷いて手帳に書き留めた。

「それにしても――」

「こっちのほうがペンネームみたいでしょ?」

添田は苦笑しながら言った。

「はい」

「よく言われるのよ。本名を名乗ると」

「どうしてそのまま本名を使われなかったんですか。少女小説の作家だったら、添田康子よりも、添田茉莉花というほうが似つかわしいような気がしますけれど」

「嫌いだったのよ。自分の名前が」

添田は険しい表情になった。吐き捨てるような語調である。

「というか、私には荷が重すぎたのね、美しすぎる名前が」

今度は溜息のような声だった。

「茉莉花《まりか》というのは父が付けてくれたの。茉莉花《まつりか》という花から取った名前。茉莉花《まつりか》といってもピンとこないかもしれないけど、ジャスミンの和名といえばわかるでしょ」

「はあ、ジャスミンですか」

「父は若い頃からこの花の名前が好きで、女の子が生まれたら、茉莉花《まりか》という名前にしようと決めていたらしいのね」

「先生のお父さまはロマンチックな方だったんですね」

「まあね」

添田は目をそらしてそっけなく言った。

「でも、この名前には泣かされたわ。小さい頃から名前負けだって言われて。茉莉花なんて私には荷が重すぎたのよ。美人にしか似合わない名前だもの。おまえ、茉莉花って顔かよって、男の子たちによくからかわれた」

添田康子は醜いわけではなかったが、目が細く、顎が張っていて、骨太そうながっちりした体格の持ち主で、まあ、どう贔屓《ひいき》めに見ても美人の部類には入らないだろう。たしかに、茉莉花という美しすぎる名前は、彼女には似つかわしくなかったかもしれない。ペンネームに選んだ「康子」という名前のほうがよっぽど似合っている。

「でも、子供の頃から嫌いだったわけじゃないのよ。荷は重かったけれど、それでも美しい名前が好きだった。私は一人っ子で、おまけにお父さんっ子だったから、父の付けてくれた名前ってだけで嬉しくてね。だけどある日を境に茉莉花という名前が嫌いになった。大嫌いになったのよ。捨ててしまいたいくらいに。わたしが小説を書き始めたのも、本当いうと、小説家になればペンネームというのが持てる。そうすれば、本名を捨てることができるかもしれないと思ったからだもの」

「茉莉花という名前が嫌いになったのには、何か理由があったんですか」

「あったわ。もう二十年近くも昔の話になるけれど、事のはじまりはちょっとしたミステリーだった――」

2

「ミステリーというと？」

私は椅子に座り直した。革のソファがぎしりと軋む。

「あなた、リコンって知ってる？」

添田はふいに言った。

「リコン？」

「デヴォースの離婚じゃなくて、離れる魂と書いて離魂」

「ああ、はいはい」

「中国の伝説にこんなのがあるのをご存じかしら？　ある女の許婚《いいなずけ》が都に上ることになって、女もついて行こうとしたんだけれど、病気になって行けなくなってしまった。それで、女は離魂して、一体二形になり、一方は男の後を追って都に上り、共に住んで子供まで生む。そして、数年後、女は家族と共に家に戻ってきた。そうしたら、そこには寝たきりのもう一人の自分が待っていて、そこで二人の女は一人になったというお話」

「はい、はい」

「こんな話、信じる？」

「でも、それは作り話でしょう？」

「実をいうとね、これと同じことが私の身にも起きたことがあるのよ」

「えっ」

　私は目を剝いた。

「あの、先生も、その離魂、というか幽体離脱を経験したことがあるというのですか」

「ええ。もう二十年も昔、まだ私が中学生だった頃の話なんだけれど——」

　添田康子は思い出すような目をして話しはじめた。

「私がお父さんっ子だったってこと、さっき話したわね。その父が、ある大手の家電メーカーに勤めていたんだけれど、私が中学に入った年に、札幌の支店に三年の間だけ、単身赴任したことがあったのよ。

あれは、父と離れ離れに暮らすようになって、半年が過ぎようとした頃だったかしら。ある日、父から私あてに手紙が届いたの。わりと筆まめな人で、電話よりも、葉書や手紙を書くことが好きだったみたい。札幌へ行ってからも、ちょくちょく手紙なんか書いてくれたわ。

ところが、その手紙なんだけれど、妙なことが書いてあったのよ。昔のことだから、細かい内容は忘れたけれど、たしかこんな内容だった。

『前略、先日は久し振りでおまえと過ごせて楽しかった。何の連絡もなくいきなり訪ねてきたので吃驚《びっくり》したよ。前もって連絡してくれていたら、もっといろいろな所に連れて行ってやれたのだが。でも、今度からはちゃんとお母さんに断って来なければいけないよ。心配するからね。ところで、正月には帰れると思う。おまえとの約束どおり、今年は箱根あたりの鄙びた旅館で親子三人水入らずで新年を迎えることができそうだ。秋子にもそう伝えてくれ。茉莉花へ。父より』

もっと細々と何か書いてあったと思うけれど、大体はこんな風な内容だった。いつにもまして優しい手紙だったわ。今まで貰った手紙はもう少しそっけないものだったから。父はよっぽど私に会えたことが嬉しかったみたい。その興奮が冷めやらないままに手紙を書いた。そんな感じの文面だった。

でも、私はこれを読んで狐につままれたような気分になったのよ。というのも、私は父が札幌へ行ってから一度も父を訪ねたことはなかったし、手紙に書いてあったようなことをしたおぼえはまるでなかったから。手紙の内容からすると、父は何日か前に私と過ごしたように書いてある。しかも、筆跡は父のものに間違いない。これは一体どういうことかしらって思ったわ。

母に手紙を見せて、どう思うってたずねたら、母も不思議そうな顔をしていた。ああ、言い忘れていたけれど、秋子というのは母の名前なの。その夜、さっそく父のところに電話して、問いただしてみたんだけれど、父のほうも電話口でとまどうばかり。たしかに、数日前に私が独りで訪ねてきて一日一緒に過ごしたって言うのよ。しかも、帰りぎわに、正月は箱根で過ごす約束までしたというのよ。まじめ一方な人で、冗談や悪戯でそんなこと言うはずなかったから、父の言葉を信じるしかなかった。

そのとき、母が夜中にふと言ったの。もしかしたら、私が父恋しさのあまりに、離魂病にかかり、もう一人の私が札幌まで父を訪ねていったんじゃないかって。あの中国の伝説を引き合いに出して。

そんな馬鹿なと思ったけれど、そう言われてみると、そうだったのかもしれないと私も思いはじめたのよ。お父さんっ子だった私は、父がそばにいないのが淋しくて、よく札幌まで訪ねて行くことを夢見ていたから。その思いが募ってもう一人の私が知らぬまに父に会いに行ったんじゃないかってね。でも、冗談から出た駒とでもいうのかしら、あの不思議現象のおかげで、その年の正月は私にとって忘れられないものになったわ」

「手紙にあったように、親子水入らず、箱根で正月を過ごされたのですね」

「ええ。後にも先にもあんな楽しい正月はなかった……」

添田は遠い日を懐かしむ目をした。

「不思議なことがあるものなんですね。離魂病なんて空想の世界の話だとばかり思ってました。本当にあるんですね」

そう言うと、添田康子はどういうつもりか、口元に意味不明の微笑を浮かべた。

「私もそのときはそう思ったわ」

「でも、その離魂現象と、茉莉花という名前が嫌いになったこととどうつながるんですか」

「それはこれから話すわ。このミステリーは、実をいうとこれだけでは終わらなかったの。後日談があるのよ」

添田はゆったりとソファの背にもたれながら、自分の手の爪を見詰めた。

「不思議現象に見えたけれど、実は何かからくりがあったってことですね」

「まあそんなところね。どういうからくりだったか、あなた、見当つかない？」

添田は謎かけをするスフィンクスみたいな目で私を見た。

「さあ」

私は首を傾げる。

「あの不思議な手紙のことがなければ、一生知らずにいたかもしれない父の秘密を知ってしまったのよ。それで、私は自分の名前が嫌いになった。もし取って捨てることができるならそうしたいくらいにね」

添田は爪を見詰めたまま、独り言のように呟いた。

「それはどういうことですか」

ややもったいぶった言い方に痺れを切らして私はたずねた。

「私があの離魂現象のからくりを知ったのは、あのことがあって、そうね、一カ月ほど過ぎた頃だったかしら。日曜日だった。私あてに電話がかかってきたの。相手は若い女性の声で、滝口と名乗ったわ。全く聞き覚えのない声だった。その滝口という女性、というか、まだ子供ね、声の様子からは十二、三という年頃で、私とさして変わらない感じだった。

一度、私に会って渡したいものがある。ううん、そうじゃない。交換したいものがあると言ったのよ」

「交換？」

「ええ。その子はそう言った。何のことかと思ったら、手紙だと言うの。札幌の父から私あてに届いた手紙は、実は、その子あてのもので、その子のもとには、私あての手紙が届いたから、それを交換したいと言うのよ」

「どういうことなんでしょうか」

「私も最初は意味が全く分からなかった。でも、その子と話しているうちにだんだん事情が飲み込めてきたのよ。一カ月前の離魂現象は、ミステリーでもなんでもなくて、父のうっかりミスから起きたものだったってことが。つまりね、種明しをすれば簡単。父はあのとき二通の手紙を書いて出したのよ。ところが、同じ封筒と便箋を使ったものだから、うっかりして、それぞれの宛名を書き間違えて出してしまったというわけなの」

「えっ。ということは、先生のもとに届いた手紙の中にあった、茉莉花というのは——」

「私のことじゃなかったの。茉莉花はもう一人いたのよ。電話をかけてきたのが、そのもう一人の茉莉花だった」

3

「ちょっと待ってください。先生が貰った手紙のなかには先生のお母さまの名前も書いてあったのでしょう?」

私は言った。

「ええ。その子の話だと、彼女の母親の名前も秋子だというの」

「それじゃ、茉莉花という珍しい名前が同じだけでなく、母親の名前まで同じだったということですか」

「そうなのよ」

「ということは、札幌のお父さんを訪ねて行ったのは、先生ではなくて、そのもう一人の茉莉花、滝口茉莉花という少女のほうだったというわけですか」

「そういうことになるわね。不思議でも何でもありゃしない。種を聞いてみれば、なあんだという結末。父に会いに行ったのは滝口茉莉花のほうだった。私が貰った手紙は、だから、父が彼女にあてた手紙だったのよ」

「でも、どうして――」

「茉莉花という名前の少女が二人いたか。なぜ、父は娘にあてたとしか思えない手紙をその少女に書いたのか。そう聞きたいんでしょ？」

「はい」

「それは私にも分からなかった。茉莉花という名前の少女が二人いたと考えれば、離魂現象の謎は難なく解けるけれど、そのかわり、今度はもっと現実的な別の謎に突き当たってしまったわけね。でも、もう一人の茉莉花にはそれも分かっているようだった。彼女は、そのことも話してあげるから、一度どこかで会いましょうと言ってきたのよ」

「それで会ったんですか」

「いいえ」

添田はかぶりを振った。

「待ち合わせの日時と場所まで決めたのに、私は結局行かなかった」

「なぜ？」

「もう一人の茉莉花に会うのが怖くなったのよ。彼女の口から本当のことを聞くのがたまらなく怖くなったから」

「それで、彼女からは？」

「それっきり。何の連絡もなかった。もしかしたら、彼女のほうも行かなかったのかもしれないし、いくら待っても私が現われないので、あきらめたのかもしれない」

「それじゃ、先生のお父さまと彼女の関係については分からずじまいだったんですか」

「いいえ。それはあとで母から聞いたわ」

添田は暗い目をして答えた。

「お母さまから？」

「母から。母は知っていたのよ。父から来たあの手紙を見せたときから、母は真相に気がついていたらしい。あれが私の離魂現象なんかじゃなくて、父がもう一人の茉莉花にあてた手紙を出し間違えたにすぎなかったことを、薄々気がついていたのね。だから、あまり詮索せずに、不思議がる私には、真相を知らせまいとして、あんな中国の伝説なんか持ち出して、不思議現象のように思わせてしまおうとしたのよ。ずっと自分一人の胸におさめておいた父の秘密を娘の私に悟らせないために」

「それじゃ、滝口茉莉花というのは」

「父と滝口秋子という女性の間にできた娘だったというわけ。父はどういうつもりか、妻と同じ名前の愛人をもち、娘と同じ名前のもう一人の娘を持っていたのよ。いわば影の家庭をね」

「影の家庭、ですか……」

私は思わず呟いた。

「そう。影の家庭よ。滝口秋子は母の影。滝口茉莉花は私の影にすぎなかった。その証拠に、父はけっして家庭を壊すことはしなかったわ。時々、向こうの家にも行ってたみたいだけれど、だからといって私たちのことを蔑《ないがし》ろにすることはなかった。だから、私も母から父の秘密を聞かされたあとも何も知らない振りをし続けたのよ。母がずっとそうしてきたように。父が札幌から帰ってきたあとも、何事もなかったように、ずっと私たちは仲の良い家族だった」

「でも、先生はその日から茉莉花という名前が嫌いになったんですね」

私は言った。

「ええ」

添田は素直に頷いた。

「この世でたった一人だと思い込んでいた茉莉花という名前がもう一つあると知ってからはね。前ほどこの名前が好きじゃなくなったわ」

「先生のお父さまはなぜ、もう一人の娘にも茉莉花という名前を与えたのでしょうか」

「さあ。よほどその名前が気に入っていたんじゃないかしら。その父も去年亡くなってしまった。何か理由があったとしても、黙ってお墓の中まで持っていってしまったようね」

それまで聞こえていた琴の音がピタリとやんだ。

「あら、いやだ。私ったら、初対面の人にこんなつまらないことまで話して」

添田ははっとしたような顔で口を押さえた。

「すみません。立ち入ったことまで伺ってしまって」

私は慌てて謝った。

「いいのよ。どうせ過去のことだし」

「お父さまが亡くなられたというのは、ご病気か何かだったんですか。あ、また立ち入ったことを伺うようですが」

「ええ、まあ。病気みたいなものね。昨年の暮れ、夜中に心臓発作を起こしてね。私も母も気がつくのが遅れて、救急車を呼んだ頃にはもう手遅れだったわ」

「そうですか。それはお気の毒に。でも、そのあとが大変だったんじゃないですか」

　私は話題をかえるように言った。

「大変って？」

　添田はきょとんとした。

「相続税ですよ。このお宅はお父さまの名義だったんでしょう？」

「ええ」

「バブルのつけで、このあたりの地価が高騰して、巨額の相続税が課せられると聞きましたけれど。実は、私の知り合いにも麴町で年老いた両親と住んでいる人がいるんですが、日頃から相続税対策には頭が痛いとよく愚痴をこぼしているものですから。このままでは巨額の税金を支払うために、長年住み慣れた家や土地を手放さなければならなくなるって。先生のお宅では何か対策を講じておられたんですか」

「まあね。父が数年前にかなり大口の保険に入っていてくれたので、その保険金の中から、全額というわけではないけれど、幾らかは捻出できたのよ。だから、家を売り払うことだけは避けられそうだわ」

　添田はやや歯切れの悪い口調で言った。

「そうなんですか。その大口の保険って、もしかしたら、変額保険というのではありませんか？　何千万、何億という単位の一括払いの保険だから、高齢者でも入れるという」

「ええ、そうだったわ。相続税対策として、銀行の人に薦められてね、それで父が入ってくれたのよ」

「あれって、銀行に借金をして掛け金を払い込むのでしょう?」

「ええ。宅地なんかを担保にしてね」

「借金をしてまで保険に入るなんて、何か危険はないんですか」

「保険自体が巨額だから、年々運用益が加算されて、結局、保険金のほうが、利子を計算にいれても借金よりは上回るようになっているのよ。だから、その差額を相続税分にあてられるというわけ」

「ああ、なるほど。でも、もし、その運用益が望めなくなったらどうなるのですか。たとえば、運用率ゼロなどということになったら、下手をすると何年か後には、借金のほうが保険金よりも上回ってしまうという事態になるんじゃありませんか」

「そうね。そういうことも考えられるわね」

添田は目をそらした。

「いえね、さっき言った麹町に住む友人から聞いたことがあるんです。その変額保険というのには、恐ろしい落とし穴があるってことを。もともと、その変額保険が売り出されたのは、バブル経済がはじまった頃なんですってね。つまり、先生がおっしゃったようなシステムは、あくまでもバブル景気に支えられていたからこそできたことで、バブルが崩壊して、保険の運用が悪化したことで、最近、この保険に加入した人たちの間でトラブルが続出しているというではありませんか」

「そうらしいわね」

添田は短く言った。これみよがしに腕時計を眺める。もうこのへんで話を切り上げたいというそぶりを露骨にみせはじめた。

それでも私はかまわずに続けた。

「保険の運用が悪化すれば、当然、いずれ借金のほうが保険金を上回ってしまい、差額を相続税分にあてるどころか、大変な借金を抱え込むはめになってしまうのです。言い換えれば、被保険者が健康で長生きすればするほど、借金のほうがどんどん膨れ上がっていくという、家族にとっては、皮肉というか残酷な結果になってしまうんです。だから、この保険が有効なのは、被保険者がなるべく早く死んだときだけなんですよ。そう考えると、先生のお宅は、不幸中の幸いといえますね。最悪の事態になる前に、偶然、お父さまが心臓発作で亡くなられたのだから」

「ちょっと、あなた。人聞きの悪いこと、言わないでよ。まるで、それでは、私や母が父の死を望んでいたように聞こえるじゃないの」

添田康子は笑いとばそうとして失敗したような顔をした。

「望んでいたのではないのですか」

私は添田の目をまともに見詰めた。

「なんですって」

添田の細い目がぎょっとしたように見開かれた。

「今、なんて言ったの」

「先生はお父さまの死を望んでいたのではありませんか。さっき、お父さまが夜中に心臓発作を起こしたとき、気づくのが遅れたとおっしゃいましたが、本当にそうだったのですか。気づいていて、わざと救急車を呼ぶのを遅らせたのではないのですか」

「あ、あなた——」

添田は喘ぐように口をパクパクさせた。

「それだけではありません。もしかしたら、心臓発作そのものが、人為的なものだったとも考えられますね。たとえば、寝ている人の口と鼻を濡れた布とか枕を使って押さえつければ、心臓発作としか思えないような死に方をすると聞いたことがあります」

添田はいきなり立ち上がった。

「私たちが父を殺したとでも言うつもり？」

「そこまでは思いたくありません。それに、保険がおりたところをみると、お父さまの死に不自然なところはなかったのかもしれません。何か不審な点があったら、保険会社だって調査に乗り出すでしょうから。でも、お父さまが発作を起こされてから、救急車を呼ぶまでの間に、先生やお母さまが何を考え、何を話し合われたかは神のみぞ知ることです」

「ちょっと、あなた。言っていいことと悪いことがあるわよ。不愉快だわ。もう帰って。短編の話だけど、お断りします」

添田ははあはあと肩で息をしながら言った。

「そうはいきません。まだ帰るわけにはいきません。短編の話なんてどうでもいいんです。私が今日伺ったのは別の話をするためなんですから」

私は肩で息をしている添田康子を見上げながら、冷ややかに言った。

「あ、あなた、本当に出版社の人なの――」

凍りついたような形相で私を見ると、添田は、テーブルに置いた名刺をつかんだ。つかつかと、電話機の所まで行くと、名刺を見ながら番号を押す。たぶん出版社にかけているのだろう。

「あの、『小説北斗』編集部の、吉川さんをお願いします」

私のほうをちらっと見て言った。私は動じなかった。

「え。あなたが吉川さん？　間違いなく、あなたが吉川瑞江《みずえ》さんね？　いいえ、それならいいんです。どうも失礼しました」

早口でそれだけ言うと、がちゃりと音をたてて受話器を置いた。

「これはどういうことなの？　編集部に電話をしたら、吉川瑞江という編集者が電話に出たわよ」

仁王立ちになって私を睨みつけた。

「あなた、出版社の人なんかじゃなかったのね。最初から何か変だと思っていたのよ。何者なの。保険会社の回し者か何かなの？」

「吉川瑞江は私の高校時代の同級生です。以前、同窓会で彼女から名刺を貰っていたので、それを使わせてもらいました」

「やっぱり。何者なの、言いなさい。そうでないと警察を呼ぶわよ」

「嘘をついたことは謝ります。出版社の編集者だと名乗れば、あなたが仕事の話かと思って会ってくれるだろうと思ったからです」

「なぜよ。本名を名乗ったら、私が会わないとでも思ったの？」

「ええ、そう思いました」

「なぜ。なぜよ」

「だって、あなたは二十年前も会ってはくれなかったじゃありませんか」

4

「あなたは、まさか？」

添田康子は飛び出しそうな目で私を見詰めていた。

「私の声をお忘れですか。もう一人の茉莉花さん。無理もありませんね。もう二十年もたったのだから。あの日、私は喫茶店が閉店になるまで、ずっとあなたが来るのを待っていたんですよ。でも、結局、あなたは現われなかった。それに、昨年、父の葬儀のときも母とここに来てお焼香だけさせてもらったんですけれど、私のこと、思い出してはくれなかったようですね」

添田は茫然としたように立ち尽くしていた。

「立っていないで、お座りになったらどうですか。私は保険会社の回し者でも何でもありません。あなたと少しお話をしたかっただけです。二十年前にするべきだった話を。それから、あるものを返しにきただけですから。それが済んだら帰ります。だから、座ってください」

添田は呪文にかけられたようにフラフラとソファに座り込んだ。

「は、話って何よ。あなたと話すことなんか、何もないわ」

青ざめた顔で言った。

「私のほうはあるんです。あなたはとても大きな勘違いをしています。さっき、私たち母子のことを、あなたたちの影だと言いましたね。それは違う。全く逆です。私たちのことをお母さまから聞いたなら、あなただってそのことを知っていたはずです。それとも、お母さまはそこまではおっしゃらなかったのでしょうか」

「な、なんのこと」

「父がなぜ、あなたのお母さまと同じ名前をもつ母と親しくなったのか。なぜ、生まれて来た私に、あなたと同じ名前を付けたのか。その本当の理由をあなたは知っていたはずです。それを知ったからこそ、茉莉花という名前が嫌いになったのではありませんか？」

「………」

添田は黙りこくっていたが、その顔つきから、私は彼女がすべてを知っていたことを察知した。

「父が最初に出会ったのは、あなたのお母さまではなくて、滝口秋子、つまり私の母のほうだったんです。母は父のいわば初恋の相手でした。母のほうも父に想いを寄せていましたが、そのとき、既に母には許婚がいて、どうしても父とは結婚できない事情がありました。

父があなたのお母さまと出会ったのは、母と別れたあとです。父があなたのお母さまに心ひかれた理由は、あなたのお母さまの容姿でも性格でもなかった。ひとえに秋子という名前だったんです。思い切れない人と同じ名前をもつ女性に、父はいっときの慰めを求めたのでしょう。影にすぎなかったのは、あなたのお母さまのほうだったんです。

父は、あなたのお母さまと結婚したのではなく、秋子という名前と結婚したんです。やがて、あなたが生まれた。あなたのお母さまは、父が以前から女の子が生まれたら、『茉莉花』という名前を付けたいと言っていたのを覚えていて、あなたに茉莉花という名前を付けようとした。

でも、ちょうど、その頃、父は滝口秋子と再会してしまっていた。母は一度は結婚したものの、やはり父以外の人を愛せなかったのでしょう。結婚生活はうまくいかず、二年足らずで離婚して、実家に戻っていたんです。

父が茉莉花という名前を付けたかったのは、滝口秋子が生んだ娘のほうだったんですよ。だから、あなたのお母さまからあなたに茉莉花という名前を付けようと言われたとき、ずいぶん悩んだと言います。そのころから父は、母の生んだ娘にこそ茉莉花という名前を与えようと思っていたのですから。でも、それを知ったあなたのお母さまは、半ば無理やり、先に生まれたあなたに茉莉花という名前を付けてしまった。まるでもぎ取るように。

あなたの名前は父が付けたものではなかったんです。父がためらっているうちに、あなたのお母さまが勝手に付けてしまったんです。あなたはそれを知ってしまったのではないですか。茉莉花という名前はあなたのためにあったのではないこと。あなたは私の影にすぎなかったこと。それを知ってしまったからこそ、あなたは茉莉花という名前が大嫌いになったんですね」

「……」

「嫌いになったのは名前だけじゃない。たぶん、それを知ったことで、父のことも憎むようになったのではありませんか。たしかに、世間の常識でいえば、法的に認められているあなたがた母子のほうが正当で、私たちのほうが影のように見えたかもしれません。でも、父の心の中ではそうではなかった。世間の常識とは価値が逆になっていたのです。父にとっては、私たちと作った家庭のほうが本当の家庭で、あなたがたのほうが影にすぎなかったのです」

「どうしてそんなことがあなたに言えるの？　父の心の中を覗いたとでも言うの」

添田は私を睨みつけながら言った。

「ええ。私には分かりました。父からあの手紙を貰ったとき分かったんです。父はあなたたちとの家庭を壊す気はなかった。それは、あなたのお母さまやあなたが、実は私たちの身代わりにすぎなかったということに対して、父があなたたちに申し訳なく思っていたからです。だから、あなたたちを捨ててまで、私たちのもとには来なかった。せめて、法的な意味での妻や子供という立場を確保し続けてやることが、あなたたちを私たちほどには愛せなかった父の、せめてもの罪ほろぼしだったんです」

「そんなこと、あなたの手前勝手な想像だわ」

　添田はせせら笑うように言った。

「そう思うなら、これを読んでください。本来ならあなたが受け取るべき手紙でした。宛名を間違えて私のもとに届いてから、二十年の間私が保管しておいたものです。今これをお返しします。そして、できれば、私あての手紙のほうも返してもらいたいのですが」

　私は持っていたバッグの中から古びた封書を取り出した。それをテーブルに載せた。

「あんなもの、とっくに捨ててしまった」

　添田は呟いた。

「あの日、私はたまらなく父に会いたくなって札幌まで会いに行きました。なんの連絡もしていなかったので、父は驚きながらも、とても喜んでくれました。そして、私が帰ったあと、あの手紙を書きました。でも、私にだけ手紙を書くことにうしろめたさを感じたのか、あなたにも書いたのでしょう。

　手紙を貰ったとき、私は不思議に思いました。あなたが私あての手紙を読んで不思議に思ったように。それで、あなたと同じことをしたのです。母にそれを見せたのです。

母はあなたたちのことを話してくれました。それで悩んだ末に、私はあなたに電話をかけたのです。あなたたちの家庭を壊す気はなかった。でも、私たちの立場も分かって欲しかったからです。ほんのささいな運命の悪戯から、こうなってしまったことを。誰が悪いわけでもなかったことを。ただ話したかっただけです」

添田はテーブルの上の封書をしばらく無言で睨みつけていたが、ようやく手を伸ばして取り上げると、中身を出して読み始めた。

便箋を持つ手がかすかに震えていた。

「あの正月は私たちのために用意されていたんです」

私は呟くように言った。

それは短い手紙だった。この二十年の間、時折取り出しては読み返しているうちに、すっかり内容を暗記してしまったくらいに短くそっけない――

「前略。札幌へ来て、もうすぐ半年になります。おまえの顔をもう半年も見ていないのだね。ようやく一人暮らしにもなれたよ。なんとかあと二年半頑張ってみようと思う。ところで、今年の正月は仕事が忙しくて帰れそうもないが、秋子にもよろしく言ってくれ。茉莉花へ。父より」

手紙を読む異母姉《あね》の目からふいに涙がこぼれ落ちた。

時効

LETTER IN LATE AUTUMN

1

灰色の空から小雨がパラつきはじめていたが、高龍寺《こうりゅうじ》前まで乗るはずだったバスを、八代紘一《やしろこういち》は、思いたって元町《もとまち》で降りた。

バスの窓から古い街並みを眺めているうちに、懐かしい気持ちがわき、外人墓地まで歩いてみたくなったのである。

腕時計を見る。二時少し前。これなら墓地までのんびり歩いて行っても、充分、夕方の便には間にあうだろう。

雨は煙るような霧雨程度で、傘の必要もないくらいだった。

八代は折り畳み式の黒傘を手に持ったまま、石畳の両脇が煉瓦敷きになっている広い坂道をゆっくりと上って行った。

整然と植えられた街路樹の赤い実が、暗色の風景のなかでひときわ鮮やかに目を射る。

坂の遥かかなたには、濃緑の函館山がミルク色の霧にかすんでいた。

この坂を上り、しばらく歩いたところに、函館の「顔」とも言える、ハリストス正教会があった。白しっくいの壁に、ライトグリーンのねぎ坊主の屋根。ロマンチックなビザンチン様式の教会である。

八代は、樹木の陰から見え隠れする、緑のねぎ坊主と白い壁を左手に見ながら、この観光名所に立ち寄ることもなく、そのまま石畳を西のほうに歩いた。

少し行くと、元町公園の古びた赤煉瓦の倉庫が見えてくる。左手は、ルネッサンス様式の華麗な木造洋館。旧函館区公会堂である。二階のバルコニーから港を眺めている観光客らしい姿が見えた。

あいにくの天気だったが、ガイドブックを片手に笑いさざめきながら歩く若い女性のグループや、写真を撮りあっている初老の夫婦らしい姿があちこちで目につく。

しかし、八代は立ち止まることもなく、ここも素通りして、さらに西に向かって歩いた。

観光目的でやって来たわけではなかった。

いつしか元町から弥生《やよい》町に変わっていた。

しゃれた洋館やレストランがひしめき、ペンションや土産物屋が並んだ元町界隈に比べると、このあたりは、ずっとさびれた感じで、道端に揺れるコスモスの薄紅もどこか淋しげである。

しかし、ここから入舟《いりふね》町、船見《ふなみ》町にかけて、元町とは違った意味で、なんともいえない異国情緒が漂っている。

時の流れに取り残されたような昔ながらの街並みがそこにあった。

上げ下げ窓の付いた古びた洋館の面影を二階に残した長屋風の家いえや、二階が洋風、一階が黒ずんだ縦格子の窓をもつ純和風という、なんとも珍妙な、そのくせ不思議にバランスの取れた和洋折衷の古い家いえが建ち並び、一種独特なムードを醸し出している。エキゾチックな街並みそのものが、安政の頃に、諸外国に開港し、逸早く欧米文化を取り入れた、この街の歴史を無言のうちに物語っているようだ。

それにしても函館は坂の街だ。

やや息を切らして歩きながら八代は思った。

元町の坂ほど広くはないが、このあたりにも、いくつかの坂が平行して並んでいる。

坂の名前も、弥生坂とか幸《さいわい》坂とか趣のあるものばかりである。

その坂のひとつ、姿見《すがたみ》坂というのは、昔、坂の途中に遊郭があり、坂の上から遊女たちのあで姿を見ることができたので、こんな風流な名がついたのだという。

どの坂からも、ゆるやかなスロープの下に、雨に煙る函館港が望まれる。かもめが低く飛び交い、おもちゃのような漁船と、時折、黒ずんだ市電がガタゴトと、これまたおもちゃのように行きすぎる。

いくつもの坂を右手に見ながら、称名寺《しょうみょうじ》あたりまで来ると、九月の雨の匂いにまじって、潮の香りがプンと匂う。

墓地が近くなったことを示すように、鳥の鳴き声が耳につくようになった。ふと見上げると、灰色の空を背景に、電線の上で揺れている不吉な黒い群れ。

小学校の手前で左手に曲がると、長くのびた坂があった。この魚見《うおみ》坂を上りつめたところに、海を見下ろす外人墓地がある。

少し雨脚が強くなったような気がして、八代は傘を開いた。元町界隈に比べるとずっと少ないが、観光客らしい色とりどりの傘の花が同じ坂を上っていく。

かすかに線香の匂いが鼻についたかと思うと、高龍寺の、雨に濡れた煉瓦塀の赤が異様な感じで目に飛び込んできた。

煉瓦塀の向こうには、黒い墓石群が見える。

高龍寺を通りすぎ、さらに少し歩いて、二股に分かれた道を右手のほうに向かった。

再び赤煉瓦の長い塀が見えて来た。中国人墓地の塀である。黒瓦の屋根をいただく中華風の煉瓦塀の手前まで来て、八代は、何気なく背広の胸のあたりを手で押さえた。内ポケットに入れた封筒がかさばった感触を伝える。

この一通の封書に誘われて、ここまで来たのだった。

2

八代紘一が、その奇妙な手紙を受け取ったのは、三日前の木曜日のことだった。

夕食の後片づけをしていた妻の芳恵《よしえ》が、ふと思い出したというように、「函館のお義母さんから手紙が来たのよ」と言って、リビングでくつろいでいた彼に、一通の封書を手渡した。

手紙といっても、定形よりもやや大きめの茶封筒だった。妙にかさばっている。母から手紙が届くなんて珍しい。八代は不審の念を抱きながら封を切った。

中には一枚の便箋と、もう一通の封書が折り畳まれて入っていた。便箋には、「あなたあてにこれが届きましたので、転送します。母より」とそっけないほど短い伝言が書かれていた。

封書を取り出して見ると、なるほど、「八代紘一様」と彼あてになっている。裏を返すと、差出人は「高田順子《たかだじゅんこ》」とあった。

高田順子？

すぐには思い出せなかった。八代は、しばらく封書を手にしたまま考えこんだ。それにしても、奇妙な手紙だった。定形の白い封筒だったが、黄ばんで古くなっている。おまけに、切手も六十二円切手ではなかった。貼ってあるのは、古いデザインの五十円切手である。しかし、消印は、今週の月曜日のものだった。

順子というなら、女性だろうが、宛名の文字はまるで中学生のように角張った几帳面なものだった。

中学生？

そのとき、八代の脳裏にひらめくものがあった。

高田順子って、まさか、あの高田順子か？　記憶の闇から、一人の少女の顔が鮮明に浮かび上がった。

抜けるように白い膚。切れ長の一重の目。意志の強そうな口元。額の真ん中で分けた黒すぎるくらい黒い髪。美しいが、どこか陰気な影のある少女の顔だった。

そうだ。あの高田順子だ。

彼女が差出人ならつじつまがあう。東京で暮らして十五年になる八代への手紙を、わざわざ母の実家あてで出したことの……。

八代は東京生まれだったが、中学一年から三年にかけての三年間だけ、母の故郷である函館で過ごしたことがあった。小学校六年のときに、不慮の事故で父が亡くなり、ショックで体をこわした母は、祖父母の強い要請もあって、八代を連れて函館の実家に帰ったのである。

母の実家は、函館港に近い弁天《べんてん》町にあり、祖母の娘時代まで、回漕業を営み、かなり羽振りがよかったらしい。今は家運は傾き、小さな喫茶店を経営しているだけだったが、煉瓦やしっくいで造られた洋風の家の物置には、当時の栄華をしのばせるような、高価な舶来品やアンティックの人形がひっそりと眠っているような家だった。

高田順子は、中学一年のときと、三年のときに同級生だった少女だった。家は函館駅前で古くから和風旅館を経営していた。もの心ついたときから、旅行客に接してきたせいか、秋田美人を思わせる美貌には、どこか冷めたような、おとなびたところがあって、同級生たちからはやや遠巻きに眺められるタイプだった。

その高田順子が……？

八代は首を傾げた。

あのころ、八代は高田順子に淡い憧れのような感情を抱いていたが、素知らぬ顔で押し通し、中学を卒業して以来、二度と会うことはなかった。というのも、卒業と同時に、八代は函館を離れたからだ。

津山という若い音楽教師の熱心な薦めもあって、東京のある音楽大学の高等部を受験し、合格していた。単身で上京し、学校の寮に入った。高等部からそのまま大学に進み、念願だったピアニストにはなれなかったものの、大学を出ると、府中市の中学の音楽教師になった。そして、三年前に大学の後輩だった芳恵と結婚した。

函館を出てから、いつのまにか十五年がたっていた。

高田順子は、八代にとって、名前を見てもすぐに思い出せないほど、記憶の彼方に押しやられていた存在だった。

その彼女がなぜ今頃になって……。

ふと同窓会の通知かもしれないなと思った。旅館業を継いだ順子が幹事にでもなったのだろうか。

それにしても、あの頃と同じ姓ということは、まだ独身なのだろうか。あるいは婿養子でも取ったのか。

そんなことを考えながら、八代は封を切った。しかし、中に入っていた便箋を広げて読んだ彼の顔は一瞬のうちに強張った。

封筒同様に古びた白い便箋には、母の伝言のように、短い文面が並んでいた。宛名と同じ角張った几帳面な字で。

「あの夜、あなたが津山先生のアパートから出てきたのを私は見てしまいました。でも、まだ誰にもしゃべっていません。

そのことでお話があります。今度の日曜日の午後三時、外人墓地で待っています」

たったそれだけの文面だった。しかし、これだけの文字の連なりが、八代の心臓をわしづかみにした。

便箋を持つ自分の手がガタガタと震え出したのが分かった。

なぜだ。なぜ今頃になって――

髪を掻き毟りたい思いに駆られながら、八代は心のなかで叫んだ。

なぜあの事件のことをむしかえす？　十五年も前の、もう覚えている人間も地元にだっていないはずの出来事を。

十五年。

高田順子はどういうつもりなんだ。

時効という言葉がふいに頭をよぎった。

「お義母さん、何ですって？」

明るい声がして、洗い物をすませた芳恵がリビングにはいってきた。フワリとコロンの香りをさせて、八代の隣に座った。

「なんでもない」

八代は慌てて便箋を丸めるようにして封筒に突っ込んだ。

「あら何なのよ。あたしにも見せて」

芳恵は弾力のある体をぶつけるようにして、夫の手から手紙を奪い取ろうとした。

「中学の同窓会の通知だよ。母が転送してくれたんだ。それだけだよ」

八代はうるさそうに言って、手紙をズボンのポケットにねじこんだ。

「ふうん。同窓会っていつ？」

芳恵はやや鼻白んだ顔でたずねた。

「今度の日曜」

「しあさってじゃない？　ずいぶん急なのね」

「もっと早くに届いていたんだけど、母が転送するのを忘れていたらしい」

八代はとっさに嘘をついた。

「それで行くの？」

「飛行機が取れたらね。駄目ならあきらめるさ」

頭で考えるよりも先に、そんなことを言っていた。言ってしまってから、自分の耳を疑った。同窓会にかこつけて行くつもりか。こんな訳の分からない手紙につられてノコノコ函館まで？

「泊まるの？」

「そうだな。一晩くらい泊まってこようかな」

「それじゃ、お義母さんに電話しておかなくちゃ。久し振りだから、お喜びになるわよ」

芳恵はそう言って勢いよく立ち上がった。

「母には知らせなくていい。ビジネスホテルにでも泊まるよ」

八代は立ち上がりかけた妻の腕をつかんで引き戻した。

「どうして?」

芳恵は子供のような大きな目を殊更に丸くした。

「どうせ一晩だし――」

八代はしどろもどろに答えた。

「だって、ずっと函館に帰ってないんでしょう? お義母さんに会いたくないの?」

「母親に会いたがる年じゃないよ」

「お義母さんのほうが会いたがってらっしゃると思うわ」

「それはどうかな……」

「なんだか変だわ」

芳恵はそう呟いて、じっと八代の顔を見詰めた。

「変って何が?」

「前から一度訊こうと思ってたのよ」

芳恵は居ずまいをただすように八代のほうにきっと向き直った。

「あなたとお義母さん、本当の親子なんでしょ?」

「当たり前じゃないか」

「でも赤の他人みたいよ。あなた、お義母さんにどうしてそんなに冷たいの?」

八代は強い輝きを放つ妻の目から視線をそらした。

「どこが冷たいって言うんだ？」

「お正月やお盆にも帰らないし、電話もめったにかけないし。お義母さん、一人なんでしょう？　きっとさびしい思いなさってるわ。なんならここによんで、三人で暮らしたっていいのよ？　あたしは構わないわ」

「なにを馬鹿なことを言ってる。どうせ、よんだって、母はあそこから一歩も出やしないよ。あそこで死ぬつもりなんだから」

八代は唇をゆがめてそう言い放った。

「函館にいた頃、お義母さんと何かあったの？　だから一人で上京したの？」

芳恵は鋭い目付きになってたずねた。

「どうしてそんなこと訊くんだ？」

八代は自分の顔色が変わったことを感じた。

「だって、あたしが母親だったら、きっと一緒に上京して——」

「何もないよ。あるわけないだろう。母一人子一人だからって、お互いベタベタしないだけだよ。それとも、いい年して母親にへばりついているマザコンのほうがいいというのか」

八代は顔色が変わったのを妻に見抜かれたような気がして、いつになく乱暴に言い捨てると、リビングを出てきてしまった。

芳恵の探るような視線を背中に感じながら。

3

その夜、八代はなかなか寝つかれなかった。

隣のベッドでたてる妻の寝息をうかがい、妻が熟睡しているのを確認すると、そっとベッドから抜け出して、例の手紙を取り出した。スタンドの明かりをつけて、点検するような目付きで文面を読み直す。

読めば読むほど、最初に感じた違和感のようなものが強くなった。この手紙はどこかがおかしい。古びた封筒。料金不足の切手。もう大人になっているはずの高田順子の妙に中学生じみた文字。

しかも、手紙の内容は、十五年も昔のある事件に触れているのだ。「見た」とはまさにあの夜のことに違いない。高田順子は自分が津山のアパートから出てくるのをどこからか目撃していたのだ。それをあたかも昨日のことのように書いてきた……。

八代の脳裏に一人の男の顔が浮かんだ。白い歯を見せた屈託のない笑顔だ。彼のことを思い出すとき、これ以外の顔を思い浮かべることができないくらいに、瞼の裏に焼きついてしまった顔。

津山忍《つやましのぶ》。父を亡くした八代が、函館にいた三年の間、年の離れた兄のように慕った音楽教師の顔だった。

　背が高く、広くがっちりした肩と、日に焼けた浅黒い顔をもつ津山は、音楽教師というより、一見したところ、体育会系のように見えた。が、ピアニストをめざしていたという両手の指だけが、そこだけ別人のごとく細く長くしなやかだった。

　津山は最初の授業のときから、八代紘一という生徒に並々ならぬ関心をもったようだった。しかも、その関心を全く隠そうともしなかった。

「ぼくはね、あまり良い教師じゃないんだ。正直いうと、子供は好きじゃないし、たまに好きな生徒ができると、露骨にえこひいきするからね」

　津山はある日、笑いながらそう言った。

「ぼくは教師としての義務よりも、自分の感性のほうを優先している。キリストのいう平等愛なんてくそくらえだな。好きなものしか愛せない。だから、音楽に興味のない生徒を、音楽を愛し、才能のある生徒と同じようには愛せないんだよ」

　八代は、青年教師のこの率直すぎる言葉に好感をいだいた。教師という人種が往々にして被る偽善の仮面に嫌悪を感じはじめていた年頃だけに、津山が、教師というより、純粋な芸術家のように思えて嬉しかった。

　そのうち、八代は学校だけでなく、津山のアパートにも訪ねて行くようになった。独身の津山は学校近くのアパートに下宿していた。

父を亡くした八代にとって、津山の存在は、細い葦のように震えている自分を包み込んでくれる、暖かい大きな掌のようなものだった。

二年生になった頃から、津山は、しきりに、彼の母校でもある東京のある音楽大学の高等部に行くことを薦めるようになった。将来、ピアニストになりたいなら、少しでも早く専門の教育を受けたほうがいいと言うのだ。

八代はこの提案に心を動かされたが、母がまず承知するまいと答えた。すると、津山は、「それなら、お母さんに会って説得してやろう」と言い出したのだ。

学生時代に左手首を骨折して、ピアニストになることをあきらめた津山にとって、八代は自分の果たせなかった夢を実現してくれる貴重な身代わりに見えたのかもしれなかった。

そして、その日の放課後、津山は八代の家にやってきて、母の郁子《いくこ》に会った。

母はこの熱心な青年教師に一目で好意をいだいたようだった。郁子自身、少女の頃から、ハイカラ好みの祖父母の趣味で、ピアノを習っていたから、津山と意気投合するのに時間はかからなかった。

それからは、津山がある日ふざけていった言葉によれば、八代と郁子と津山は、「三位一体」になった。

津山と郁子は、八代を一人前の音楽家にするという共通の夢でつながったのである。

思えば、あの頃が八代の人生のなかで最も幸せな時期だった。八代は自分にあふれんばかりの才能があると信じていたし、母と津山という、自分を誰よりも理解し、愛してくれる二人の大人に護られていると信じていた。

しかし、この幸福な期間も、津山忍の予期せぬ事故死で唐突に終わりを告げた。八代が中学三年の、九月末のある朝、津山忍はアパートで死体となって発見されたのだ。

死因はガス中毒だった。

前の晩、津山は、ひとりでおでんの鍋をつつきながらビールを飲んでいたらしい。鍋をコンロにかけたまま、酔って眠りこんでしまい、鍋から吹きこぼれた煮汁が、ガスコンロの火を消してしまったのである。

ガスの充満した、窓とふすまを閉め切った狭い部屋で、津山は眠ったまま死んでいた。ドアにはロックがしてあって、鍵が二つとも部屋の中から発見されたこと、ガスコンロを置いたちゃぶ台の上には、津山の使ったらしいグラスと受け皿しか置いてなかったことから、やがてこの事件は、独り者ゆえの不幸な事故死として片づけられた。

しかし、八代はあの事件にもうひとつの真相があることを知っていた。そして、それを知っているのは、自分と母の郁子だけだと思っていた。

ところが、十五年もたって、突然舞い込んできた一通の奇妙な手紙が、思いもよらなかったことを八代に告げたのだ。あの事件の隠された真相に気づいていた人物がもう一人いたことを……。

4

道路を挟んで、中国人墓地の向かいがロシア人墓地になっていた。白く塗られた鉄の柵の向こうの、雨に濡れた芝生には、大きな墓石があった。

中国人墓地の隣は、プロテスタント墓地になっていて、芝生の上に点在する白い十字架が、外人墓地特有の物悲しさを誘う。

その昔、函館に入港したアメリカのペリー艦隊の乗組員が死亡したとき、葬られたのがはじまりだという。

その後、異国に倒れた、船員や医師、カトリックやプロテスタントなどのさまざまな宗派の伝導者たちが葬られるようになった。

八代は中国人墓地の赤煉瓦をくぐって、白い階段をおりながら、いつだったか、高田順子が言っていた言葉を思い出していた。

あたし、旅人が嫌い。

高田順子は突然そう言った。あれは中学三年の夏休みあけの放課後だった。教室に残っていたのは二人きりではなかったはずだが、あの場にいた他の同級生の顔は思い出せない。

高田順子の冷たく白い顔だけが、そこだけスポットライトをあてたように浮かび上がる。

集まって、進路の話をしていたときだった。八代が東京の音大の高等部に行くと言ったとき、それまでの会話を断ち切るような調子で、彼女はそう言ったのだ。

誰かがなぜと訊いたような気がする。

旅館の娘のくせに、旅人が嫌いとは妙なことを言う子だな。

八代はそんな風に思って、思わず順子の顔を見た。

なぜか、そのとき、順子の切れ長の目はひたと彼の顔にあてられていた。まともに彼女の目を見たのははじめてだった。八代はすぐに目をそらした。

だって、旅人はみんな嘘つきだから。みんな、出て行くときは、「また来るよ」、「手紙を書くよ」、「電話をするよ」って言うくせに、誰ひとりとして、約束を守る人はいないんだもの。どんなに待っても、二度と訪れないし、手紙もこないし、電話もかかってこないんだもの。

だから、あたしは旅人が嫌い。

聞いてみればなるほどという理屈だった。旅館の娘だからこそ、旅人が嫌いだというわけだった。旅人が好きだからこそ、旅人が嫌いになったというのである。

だから、と彼女は低い声で続けた。

外人墓地が好きなの。

またまた飛躍的な言い草だったが、これも詳しく聞いてみると納得がいった。

だって、あそこに眠っているのは、ほとんどが異国の人ばかりでしょう。みんな旅人だったのよね。旅の途中で死んだのよね。みんな、本当は故郷に帰りたくて、こんなところで死ぬのは本意ではなかったかもしれないけど、でも、ここで死んでくれたことが嬉しいの。旅の終わりにここを選んでくれたことが、あたしにはとても嬉しいの。

だから、あたしは外人墓地が好き。

とまあ、こういう論理だった。

飛躍しているようで、ちゃんと論旨は整っていた。

八代は、このとき、順子は自分だけに聞かせようとして、こんなことを言ったのではないかと勘ぐった。

そう感じたのは、八代自身が自分を旅人だと思っていたからだ。東京で生まれ、小学校の六年まで東京で過ごし、再び、進学という理由で東京へ戻って行く。そして、おそらく、二度とここへはやって来ないだろう。

あの頃、八代は自分の将来を漠然とそうとらえていた。函館はけっして嫌いな街ではなかった。どちらかといえば好きな街だったが、それでもやはり東京に戻りたかった。瞬く間に流れていく時の流れに取り残されたくはなかった。

そんな八代は、旅人を受け入れる生業の家に生まれた順子から見れば、ほんのいっとき、痛めた翼を休めにきた渡り鳥にしか見えなかったのだろう。

遠い過去から時を超えて届いたような、この奇妙な手紙のなかで、高田順子が、「外人墓地」を再会の場所として指定してきたのには、こんないきさつがあったのだ。

八代は白い柵から海を見た。懐かしい潮の香りが顔に吹きつけてくる。

すべての墓地は、背後を函館山に見守られ、眼下に津軽海峡を見下ろす丘の斜面に立っていた。

灰色に広がる海には、鳴き交わすかもめの群れ、行き来する漁船や遊覧船、ところどころに、レースをあしらったような白い波がしらが見える。

八代はしばし雨の海を眺めていたが、はっとして腕時計を見た。三時を過ぎている。高田順子はもう現われてもいい頃だ。几帳面な性格だったから、もう来ているかもしれない。

そう考え、あたりを見回した。土産物屋のそばにある屋根の付いた木のベンチに、少女が一人座って、文庫本らしいものを俯いて読んでいるのと、観光客らしい若い男女が傘をくっつけるようにして歩いているのが目にはいるだけで、高田順子らしい、三十くらいの女性の姿はどこにもなかった。

遅れているのかもしれない。八代はそう考え、ぶらぶらと木のベンチに近づいた。ここで待っていれば、そのうち現われるだろう。

傘をすぼめて、ベンチに座った。背広のポケットから煙草を取り出し、湿った一本を口にくわえ、ライターで火をつけようとして、目の前に座っている少女のほうをちらりと見た。

白いブラウスに赤いスカートをはいた少女は俯いて文庫本を読んでいる。カバーがついているので、何を読んでいるのかは分からない。

こんな悪天候に、墓地まで本を読みに来たとは思えないから、この少女もここで誰かと待ち合わせでもしているのだろう。

少女は本に顔を伏せたまま、頬にかかる髪をうるさそうに耳にはさんだ。抜けるように白い耳である。

「煙草、吸ってもいいかな?」

ベンチには灰皿がついていたから、そのまま火をつけてもよかったのだが、一応、エチケットとして少女にたずねてみた。

少女はようやく顔をあげた。

その顔を見て、八代はくわえた煙草を取り落としそうになった。

似ている。

ほっそりとした白い顔。一重の冴え冴えとした切れ長の目。きりっと結んだ薄い唇。

額の真ん中で分けた、真っ黒な髪。

その少女の顔は、八代の記憶のなかにある、高田順子の顔にそっくりだった。

「どうぞ」

少女はややそっけない声で言った。中学生くらいだろうが、年のわりには、低く、おとなびた声だった。

声まで高田順子に似ているような気がした。

他人の空似だろうか。それとも、ずっと彼女のことばかり考えていたので、記憶のなかの彼女くらいの年齢の少女を見て、つい面影を重ねてしまったのだろうか。

唖然としながら、八代は思い出したように煙草に火をつけ、もう一度少女のほうを盗み見た。少女はなにごともなかったように、顔を本にもどしていた。しかし、すぐに、俯いたまま、細い手首にはめた赤い革バンドの腕時計を眺めた。

やはり誰かを待っているようだ……。

八代ははっとした。少女のはめている腕時計の赤バンドに見覚えがあるような気がしたからだ。

青い静脈のういた細い手首に、血の線のような赤いバンド。八代の脳のどこかにこんなイメージがこびりついていた。たしか、高田順子もこんな赤いバンドの腕時計をしていた……。

やれやれ、何を見ても彼女と結びつけてしまう。八代は腹のなかで苦笑した。赤バンドの腕時計など、中学生くらいの女の子なら、誰だって好みそうなものじゃないか。

八代もつられて腕時計を見た。

「おじさんも誰かと待ち合わせ？」

ふいに少女が顔をあげて、そうたずねてきた。見ないような顔をして、目の片すみで八代の仕草をじっと観察していたらしい。

「ああ。きみも？」

八代は少女のほうにかからないように、顔をそむけて煙草の煙を吐いた。

このくらいの年頃の少女たちからは、日ごろ「先生」と呼ばれている八代は、いきなり、おじさんと呼びかけられて、内心がっくりきていた。

「ええ。同級生を待ってるの」

少女はそう答えた。白いブラウスの襟には、ちょっと古風な感じの花の刺繍がしてあった。

「おじさん――あら、おじさんなんて言って悪かったかしら？」

少女は言った。

「いや、いいよ」

「それじゃ、おじさん、このへんの人じゃないでしょう？　でも、旅行客って感じでもないわね」

　少女はじろじろと値踏みするような目付きで八代を見た。

「まあね。函館には子供の頃住んでいたことがあるんだよ。だから、純粋な旅行者ではないな」

「ふうん。それでどこから来たの？」

　少女は重ねてそうたずねてきたが、すぐに言い添えた。

「答えないで。当ててみるわ。東京でしょう？」

　そう言って、じっと八代の目をのぞきこんだ。

「当たった」

「やっぱりね。そうじゃないかと思った。東京の人って、東京の匂いがするもの」

「スモッグの臭いかな？」

　八代が袖を嗅ぐようなそぶりをすると、少女はちょっと歯を見せて笑った。

「だけど、よく分かったね？」

「勘よ。あたし、凄く勘がいいの。うちへくる人がどこから来たか、たいてい当てることができるわ。的中率は七十パーセントくらいかな。あら、もちろん、宿帳なんか見ないでよ。相手の服装とか、訛《なま》りとか、そういうことでよ」

　少女はやや得意そうに言った。八代は一瞬耳をうたがった。うちへくる人？　宿帳？

「するとこの旅館の娘さんか？」

そうたずねる自分の声が掠れていた。

「そうよ。高田屋っていって、駅前で古くから旅館をやってるの」

しばらく声が出なかった。似ているはずだ。この少女は、高田順子の親戚か何かに違いない。そういえば、順子には年の離れた姉がいると言っていた。その姉の娘だろうか。それとも、まさか、順子の娘？　それはあるまい。年齢から考えて、順子に中学生の娘がいるはずがない。いや、もしかしたら、この少女はおとなびて見えるが、まだ小学生なのかもしれないぞ。順子の結婚が早ければ、小学生の娘がいても、けっしておかしくはない。

「きみ、中学生？」

八代はそうたずねていた。

「ええ。三年」

ということは、順子の娘という線はありえない。やはり親戚か何かか？

「偶然だね。実はぼくは高田屋の人に会いにきたんだよ。ここで三時に――」

「ほんと？　誰に？」

少女の目が大きくなった。

「高田順子という人に。中学の頃の同級生だった人だよ。手紙を貰ってね。さっきから驚いているんだが、きみにそっくりなんだ。たぶん、きみの親戚だと思うんだけど——」

少女の目がすっと細くなった。親しげだった顔に警戒するような色が浮かんだ。

「ジュンコってどんな字をかくの？」

たずねた声が心なしか冷たくなっていた。

「道順の、順だ」

八代は宙に指で字をかいた。

「おかしいわ。順子という人はうちにはいないわ——あたし以外にはね」

少女の答えは八代を死ぬほど驚かせた。

「あたし以外にはねって、きみ、順子っていうのか」

思わずそう叫ぶように言っていた。

「そうよ。でも、他に順子という名前の人はいないわ。あなたの同級生っていったら、三十くらいでしょ？　そんな人はいないわ」

「しかし——」

八代は混乱したまま、慌てて煙草を揉み消すと、背広の内ポケットに手をいれて、例の手紙を取り出した。

「彼女からこれを貰ったんだよ。だから、約束どおり、こうしてやって来たんだ」

我を忘れて、少女の鼻先に手紙をつきつけた。

駅前に高田屋という旅館は二軒あるのかもしれない。そうだ。あれから十五年もたっているから、その間に、分家でもして、この少女はそちらのほうの娘かもしれない。

そんな推理もとっさにたててみた。

が、少女が発した言葉が、八代の苦し紛れの推理を見事に打ち砕いた。

「どうしてこれをあなたが持っているの?」

少女は八代の手から手紙を奪いとるようにして、それを見詰めていたが、飛び出しそうな目になって詰め寄った。

「どうしてって、だから、彼女から、高田順子から――」

うろたえる八代に、少女は絞り出すような声で囁いた。

「これはあたしが書いたものよ。同級生の八代君に。八代紘一君に」

5

八代はめまいがした。

ちょうど浜辺に立って、波が引いていくのを見るような、見馴れた風景が、何か、地の果てにあるものに引っ張られて、ぐんぐん遠ざかって行くのを見るような、そんな感じのめまいだった。

目の前にいる少女が高田順子?

そんな馬鹿な。高田順子はもう三十のはずだ。歳月の波が自分と同じだけ彼女の足元にも打ち寄せたならば……。

彼女だけが年をとらなかった？　時が歪んでいる？　少女のままの彼女が、その歪んだときの隙間を抜けて自分に会いにきたのか？

ひどくうろたえながら、それでも、八代の理性が彼にささやき続けた。

これは何かの間違いだ。この娘は頭がおかしいのかもしれない。それとも、待ち人がなかなか現われないので、退屈しのぎに、自分をからかっているのだろうか。そうだ。それに違いない。

しかし、それにしては――

悪夢でも見ているようだった。

「変だわ。どうしてこんなに封筒が黄ばんでいるのかしら」

少女は、高田順子と名乗った少女は、手紙を撫でながら呟いた。

「出したときは真っ白だったのに。だって、文房具屋で買ったばかりの封筒なのよ。便箋も。なぜこんなに古くなってしまったの……」

「十五年の歳月が流れたからだよ。きみがそれをポストに投函した日から」

少女のほうもうろたえているように見えたので、八代は少し冷静になれた。もし、これがこの少女の手の込んだ悪戯なら、本物の高田順子が現われるまで、少女の芝居に付き合ってもいいという気分にすらなっていた。

「消印を見てごらん」

少女は目を近づけて、封筒を見た。そして、小さな叫びをあげた。もし芝居だとしたら、ブラボーと言って手をたたきたくなるような名演技だった。

「なぜ？ これはどういうこと？」

すがるような目で、目の前の男を見上げた。茫然とした少女の手からひらりと手紙が舞い、白いソックスをはいた足元をかすめて落ちた。

「あたしの出した手紙は八代君に届かなかったの？」

「届いたよ。ぼくが八代紘一だ。十五年もたって、きみの出した手紙は、ようやくぼくに届いたんだよ」

「うそ。あなたが八代君だなんて」

少女は激しくかぶりを振った。

「あいにく、身分を証明するものはなにも持ってこなかった。でも、この傘をごらん。ここに八代紘一とネームが彫ってあるだろう？」

八代はそう言って、傘の柄の部分を見せた。

少女はそれをじっと見てから、八代の顔に視線を移した。

「本当に八代君なの？」

掠れた声でそう言って、目の前の三十男に同級生の面影を見つけようと、目を皿のようにして見詰めた。

ああこの目は……。

八代は、かろうじて残っていた理性が脆い砂糖菓子のように、崩れていくのを感じた。

少女の目は、「旅人は嫌い」と言ったときの、高田順子の目そのままだった。

ただあのときと違うことは、八代が彼女の目から視線をはずさなかったことだ。

この少女は高田順子だ。時が歪んでいる。今、二人の間には、十五年という歳月が越えられない溝のように横たわっている。そんなことを八代は半ば信じた。いや、信じることにした。

「どうやら、お互いが待ち人だったらしいね……」

八代は言った。

「こんなことって信じられない」

少女は呟いた。

「それで、話って？」

「話？」

「きみは何か話がしたくて、ぼくを呼んだんだろう？」

そう言いながら、落ちた手紙を拾いあげた。

「ええ、そうよ……」

高田順子ははっと思い出したように呟いた。

「夕方の飛行機で東京へもどらなければならない。月曜は授業があるので、そうゆっくりもしていられないんだ」

「授業って、八代君、先生になったの？」

「中学の音楽教師をしている。きみくらいの年齢の子を毎日教えているよ」

「ピアニストにはならなかったの？」

「なれなかったんだ」

八代は自嘲の笑みを浮かべた。

「東京には、ぼく程度の才能は掃いて捨てるほどいたからね。思い知らされたよ……」

「それじゃ――津山先生と同じになったのね……」

「きみの話って、その津山先生のことだね？」

八代は思い切って言った。教え子くらいの少女を相手に、いつのまにか、大人に話すような口調になっていた。

「そうよ。あたし、一言だけ聞きたかったの。卒業する前に、どうしても聞きたかったの。あなたがどうして津山先生を殺したのか、その理由を」

6

「ぼくが津山先生を殺した？」

八代は笑おうとしたが失敗した。

やはり彼女は気がついていたのか……。

「そうよ。あなたが津山先生を殺したのよ。あれはただの事故じゃないわ」

「何を根拠にそんなことを言うんだ？」

「手紙にも書いたでしょう。あたし、見たのよ。あの夜、八時頃、あなたが津山先生のアパートから出てくるのを。お使いの帰りに、ちょうど先生のアパートの前を自転車で通りかかったの。少し離れていたから、あなたは気がつかなかったかもしれないけど。あなた、あたりを見回すようなそぶりをして、様子がおかしかったわ。あとで、先生がガス中毒で亡くなったと聞いて、もしかしたらって思ったの。あの夜、先生は一人じゃなかったんだわ。あなたがそばにいたのよ」

「しかし、ビールの中に睡眠薬が入っていたわけではない。酔って眠りこんでしまった間に、不運にも、ガスコンロの火が消えてしまったんだ。先生の死には、第三者が手を加えたような痕跡は全くなかったはずだ。だから、警察だって、すぐにあれを事故死と断定したんだ。そのことはきみだって――」

「プロバビリティの犯罪って知ってる？」

　少女は厳しい声で言った。

「プロバビリティ？」

「確率の犯罪とでも言うのかしら。直接手は下さずに、死ぬ確率の高い状態に被害者を追い込むことで、相手を死に至らしめる方法のことよ。あなたがしたことは、このプロバビリティの犯罪だったんじゃないかしら」

「……」

「先生の死体が発見されたとき、窓もふすまも閉めきられていたそうね。窓のほうは最初から閉まっていたのかもしれないけど、ふすまはあなたが閉めたのよ。密閉された部屋のほうが、それだけガスが充満しやすいから。計画的なものか、突発的に思いついたものか分からないけど、あなたは、先生がビールを飲んで眠り込んでしまったのを見計らって、わざとおでんの煮汁を沸騰させてコンロの火を消し、自分の使ったグラスやお皿を洗って棚に戻し、お客のあった痕跡を消してから部屋を出たのよ」

「しかし――」

　八代はからからに乾いた喉から声を絞り出した。

「ドアには鍵がかかっていた。大家から渡されていた鍵は二つとも部屋の中から見つかったはずだ。これはどういうわけだ？　ぼくが、推理小説に出てくるような密室トリックでも弄したというのか」

「でもチェーン錠はかかっていなかったのよ。ということは、先生がもうひとつ合鍵を持っていたということだわ。あなたはその合鍵を使ってドアを外からロックしたのよ」

「何か証拠はあるのか？　ぼくがきみの言った通りのことをしたという証拠が」

「証拠はないわ。ただ、あたしがあの夜、あなたを目撃したということだけ。そして、あのときのあなたのそぶりがどこか変だったということだけ。

　プロバビリティの犯罪の良いところは、確実に相手を殺すことはできなくても、その分、犯罪の証拠が立証しにくいことだわ。でも、カッとなって相手を刺したりするより、冷静で計画的なぶん、とても冷酷な犯罪だと思うわ」

「すべてきみの妄想だよ……」

　八代は力なく呟いた。

「妄想？　そうかしら。だったら、あなたはなぜここに来たの？　あたしの妄想にすぎないのなら、なぜあたしの手紙を読んで、ここに来たの？」

「それは――」

「あたしはあなたを告発するために呼び出したんじゃないわ。どうせ証拠もないんだし。ただ、理由を知りたかったの。あなたが先生を殺した理由を。一年のときから、津山先生とあなたはとても仲がよかった。そばで見ていて嫉妬を感じるくらいに。教師と生徒ということを越えて、あなたたちは結びついているように見えたわ。それなのになぜ？なぜ先生を殺さなければならなかったの？」

「津山がぼくを裏切ったからだ」

八代はそう答えたのが自分の声だとは信じられなかった。自分が二つに分裂して、もう一人の自分がしゃべっていると、朦朧とした意識の中で、他人事のように思っていた。

「裏切った？　先生が？」

「そうだ。津山だけじゃない。ぼくの母も。二人してぼくを騙していたんだ。ぼくはそのことに気がついた。だから津山を――」

よせ。もうしゃべるのはよせ。十五年も隠し通してきたことを、今更なにをしゃべる必要があるんだ。

もう一人の自分が必死にそう叫んでいたが、八代の口は半ば自動的に動いていた。

「どういうこと？」

「きみの言う通りだ。津山は部屋の合鍵をもうひとつ作って持っていたんだ。ぼくはその合鍵をある場所から発見した。どこだと思う？　母のハンドバッグの中からだよ。何かの拍子にハンドバッグを落として、その中から飛び出した鍵に気がついたんだ。うちの鍵じゃなかった。どこの鍵だろうと思った。考えているうちに思いあたることがあった。その頃、なんとなく母の挙動がおかしいことに気がついていた。友達に会ってきたといって、夜遅く帰ってきたり、日曜日にも出かけることが多くなっていた。夜中に声をひそめて誰かと電話で話している姿を見たこともある。まさかと思い、母のハンドバッグから鍵を抜き取って、あの夜、津山のアパートを訪れた。津山はこれからおでんを作るから食べていけと言った。彼が台所に立っている間に、ぼくはその鍵を試してみた。鍵はピタリと鍵穴におさまった。もう疑いようがなかった。母は津山のアパートの合鍵を持っていたんだ。子供心にも、それがどういう意味か、すぐに分かった。ぼくは津山に母のことを問いただした。彼は少しうろたえたが、母とのことは真剣だ、いずれ結婚したいと考えていると真面目な顔で答えた――」

「遊びじゃなかったのね？　それなのになぜ？　お母さんをとられたくなかったの？」

「今考えればそれもあったかもしれない。でも、あのときぼくが考えたことはそうじゃなかった。津山はぼくたちを三位一体だと言ったことがある。だから、ぼくは信じていた。ぼくたちが音楽という、ピアノという、神聖なもので結ばれていると。でも、津山と母はそうじゃなかった。いつのまにか、もっと生臭いもので結びついていたんだ。二人が遊びだろうと真剣だろうと、どうでもよかった。ぼくにはそのことがどうしても許せなかったんだ。津山は母とのことを告白して、気が楽になったのか、ビールを一本空けただけで、酔ったと言い、その場に横になった。そして、すぐに軽いいびきをかきはじめた。そんな安心しきった顔を見ているうちに、無性に彼が憎くなった。こいつはぼくが思っていたほど純粋なやつじゃない。芸術家なんかじゃない。なんだかそう思えて来た。殺してやりたいと思った。でも、直接手を下すのはいやだ。ぼくはちゃぶ台の上で燃えているガスコンロの青い火を見ていた。ふと思いついたんだ。もし、彼が眠っている間に、この火が消えたらって。あとはきみの言う通りだ。ぼくは確率に賭けることにした。もし、天が津山をたすける気なら、それほど価値のある男なら、途中で目をさまし、自分でガスを止めるだろう、と。でも、翌日、彼は死体で発見された……」

「それで、今でもあなたは、津山先生を殺したことを後悔していないの？　天が彼を殺したと思っているの？」

「いや――」

八代はうなだれた。

「ある時期まではそう思っていた。ぼくにとってピアノがすべてだと思いこんでいたときまでは。津山は子供だったぼくが考えていたほど純粋でも芸術家でもなかった。手首を骨折しなくても、彼はものにはならなかっただろう。ぼくたちはお互いを買いかぶっていたんだ。でも、大人になるにつれて、彼の年齢に自分が近づくにつれて、子供の頃に考えていたのとは別の意味で、彼は彼なりに誠実で純粋だったということに気がついた。もし、ぼくが彼の命を奪わなければ、彼は母と結婚して、母に平凡な幸せを与えていただろう。彼は平凡で誠実な男だったんだ。それ以上でもそれ以下でもなかった。人生の半ばで命を奪われるほど悪いことは何もしていなかったんだ。だから、彼には済まないことをしたと心の底から思っている。そして、母にも。

母は知っていたんだよ。ぼくが津山を殺したことを。あの夜、ぼくは合鍵をこっそり母のハンドバッグに戻しておいた。でも、母はぼくが留守の間にハンドバッグを見て鍵がなくなっていることに気づいていたんだ。でも何も言わなかった。ただ、ぼくが函館を出る日、あの鍵を渡して、これを捨てていけと言った。何もかも知り尽くしたような、とても冷たい目でそう言った。ぼくはその通りにした。桟橋から、函館港に鍵を捨てた。捨てたのは鍵だけじゃない。おそらく、あのとき、母との絆も捨てたんだ。

妻はぼくが母に冷たいと言うんだよ。電話もかけないし、たずねてもいかないと。でも本当は違うんだ。ぼくが冷たいんじゃない。母が許してくれないんだよ。母のほうがまだぼくを拒絶し続けているんだ。それほど、母が津山に抱いた愛情は深かったんだ。十五年たっても、ぼくの犯した犯罪の時効はやってこないんだよ。母が、ぼくの犯罪を知っていた唯一の人間である母が、ぼくを許してくれない限り……」

ふたりの間に時が止まったような長い沈黙があった。しかし、その沈黙を破ったのは、少女のほうだった。

「あなたに会えてよかったわ。今日、ここで聞いたことは誰にも言わないわ。秘密は守り通すわ。あたしが死ぬまで」

彼女は立ち上がりながら、かすかに笑った。

八代は魂の抜けた人間のようになって、少女をボンヤリと見上げていた。そして、自分があの不思議な手紙につられてここまでやって来た訳をはじめて悟った。彼女に告白するためだったのだ。

「なんだか変な気分だわ。明日、学校であなたに会うというのに。あたしは何もかも知っていて、素知らぬ顔をしなくちゃならないのね……」

少女は少し淋しげな顔で言うと、「握手して」と言って、片手を差し出した。八代もふらふらと立ち上がり、片手を出した。しかし、少女は首を振った。そして、別の手を差し出した。

「あなたの指輪に触れたくはないわ……」

八代ははっとして結婚指輪をしていないほうの手を出した。

少女の手は少し湿っていて、小さくしなやかだった。

「先に行ってね。あたしはもう少しここにいる」

八代は口の中で「さようなら」と呟くと、よろめくような足取りで墓地を出た。振り向きもしなかった。振り向いたら、高田順子が消えてなくなっているような気がした。

傘もささず、ふらふらと夢遊病者のように、きた道を引き返しながら、母に会いに行こうと思っていた。また無言の背中と冷たい表情にしか出会えないとしても、一目でいいから会って行こう。そう決心していた。

道の向こう側から観光馬車が来るのが視界に入った。

栗毛の馬は、伏せたまつげを霧雨に濡らして、ポクポクとこうべを垂れて通り過ぎて行った。

7

その手紙が届いたのは、八代が函館から帰ってきて、一週間くらいしてからだった。ピンクやブルーの小花を散らした可憐な白い封書だった。差出人の所に名前がない。不審に思いながら封を切ると、封筒と同じ模様の便箋が出て来た。青いインクで、きちんとした文字が書かれていた。

「前略
先日はお目にかかれてとても嬉しかったです。たぶん来てはもらえないだろうと思っていたので、あなたが現われたときは、びっくりしました。でも、会ってお話しできて本当によかったと思っています。

こんなお手紙を差し上げるのは、わたしがなぜあんな手紙を出したのか、なぜ高田順子を装ってあなたに会わなければならなかったのか、その理由をお話しするためです。

このまま黙っていようかとも思ったのですが、まさか、あなたも、わたしが本当の高田順子だとは信じていなかったでしょうから、やはり、あんなお芝居をした理由をお話しする義務があると思い直しました。

高田順子は、わたしの叔母は、二年前に亡くなりました。骨髄性白血病でした。叔母が亡くなったあと、わたしが叔母の部屋を使うようになりました。そして、叔母が子供の頃から使っていた机の引き出しから、叔母の古い日記と、一通の封書を発見したのです。昔は白かったのに、黄ばんで古くなった手紙です。封はしてありませんでしたが、切手も貼って、出すばかりになっていたのを、とうとうポストに投函することができなかった、そんな感じの手紙でした。それでいて、破って捨てることもできない。叔母にとっては、出すことも捨てることもできない、ただひっそりとしまっておくしかない大事な手紙だったのでしょう。

いけないとは思いつつ、わたしはその手紙と日記を読んでしまいました。叔母の日記はちょうど中学一年のときからはじまっていて、そこに書かれていたことから、この出さなかった手紙の持つ意味がわたしには理解できました。

そして日記と手紙を読んでしまったわたしは、とても馬鹿げたことを思いついたのです。それは、この古い手紙を投函して、わたしが高田順子になりすまして、あなたに会うというたくらみです。いえ、たくらみといっても、悪気があったわけではありません。叔母が死ぬ少し前に、見舞いに行ったわたしにポツンと言ったことがあるのです。『生まれ変わって、もう一度人生をやり直したい』と。叔母の日記を読んで、叔母が一体いつから人生をやり直したいと思ったか、わたしには分かるような気がしました。叔母はあなたあての手紙を出さなかったことをずっと後悔していたのです。叔母が人生をやり直したいと思いはじめたのは、おそらくあの頃からでしょう。

さいわいといってはなんですが、わたしは小さい頃から叔母によく似ていると言われてきました。そのせいか、叔母も生前は、わたしのことを、『姪というよりも、わたしの生まなかった娘みたい』と言うほどに、かわいがってくれました。わたしも、叔母が実の母以上に好きでした。だから、叔母の死ぬ間際の願いをどうしてもかなえてあげたいと思ったのです。

この馬鹿げた計画を思いついてから、わたしは一年待ちました。すぐに計画を実行に移さなかったのは、中学三年の姿であなたに会いたかったためと、その頃、髪を短くしていたので、昔の叔母の髪形に似せるために、伸ばすのに時間が必要だったからです。そして、赤い革バンドの腕時計も、日記から叔母が中学生の頃使っていたことを知って、同じようなものを買いました。

そして、今年になって、計画を実行しました。あなたのことは調べて東京にいることは知っていましたが、手紙はたぶんお母さんの手で転送されるだろうと思いました。でも、もしかしたら手紙はあなたに届かないかもしれない。いえ、たとえ届いても、あなたは約束の時間に現われないかもしれない。わたしの計画が成功する確率はけっして高くはありませんでした。あなたの犯した犯罪がそうであったように。

でもわたしは低い確率に賭けてみました。そして、それはわたしが予想した以上に成功したような気がします。あなたがこの地を訪れ、たとえ一瞬でもわたしを高田順子だと錯覚してくれたら、それでよかったのです。

それからひとつ付け加えることがあります。わたしはあなたのお母さんとお友達になりました。時々、訪ねて行って、おしゃべりします。たぶん、叔母が生きていたら、そうしたかっただろうと思ったからです。お母さんはあなたのことばかり話します。とても懐かしそうに、とても愛情をこめて話します。お母さんの心のなかにもう津山先生はいません。わたしはそう思います。

あなたの時効は訪れたのです。

草々

八代紘一様

高田あゆみ」

文庫版あとがき

ミステリーでは、しばしば電話や手紙が重要な小道具として使われることがあります。たとえば……。ある日かかってきた一本の間違い電話。もしくは、うっかり開封してしまった他人宛の封書。そんなものが、異様な謎や事件の発端として使われることが少なくありません。

あるいは、逆に、錯綜していた謎なり事件なりが、一本の電話や手紙で解決するという使われ方もあります。

前者のタイプで印象に残っているのは、ルース・レンデルの「わが目の悪魔」です。他人宛の手紙をうっかり開けてしまった男の悲喜劇の話だったと記憶しています。後者のタイプは、やはり、アガサ・クリスティの「そして誰もいなくなった」が有名でしょう。それと、夢野久作の「瓶詰の地獄」。ショートショートですが、クリスティの長編に劣らぬくらい、強烈に印象に残っています。そこで、今回は、今まで書き溜めた短編（一九九一年から一九九四年の間に複数の小説誌に書いたモノ）から、電話なり手紙なりが重要な小道具になっているものばかりを集めてみました。

以上は、一九九五年にハードカヴァーで出版した本書の「あとがき」から抜粋したものです。

横着なようですが（笑）、ま、こういうことです。

なお、本書とは関係ないのですが、ここで、チョット宣伝を。「ヨリモ」という読売新聞系のウェヴ誌（？）に、ほぼ一年、連載形式で、「邦画エッセイ」（「日本映画鑑賞のススメ」）というものを書くことになりました。ジャンル違いではありますが、もともと、私は、エカキになりたくて、はっと気が付いたら、モノカキになっていたという人間ですので、生粋のモノカキの方々の映画評（というより文芸評ですね、ああいうのって）とは少し毛色の違ったものになるはずです。すでに二本分の原稿は編集部に渡してあります。この文庫が書店に並ぶ頃には、アップされていると思います。対象は「古い邦画」ばかりですが、興味のある方は、ぜひ、覗いて見てください。

二〇一一年十二月吉日

今邑　彩

『盗まれて』　一九九五年三月　中央公論社刊

中公文庫

盗《ぬす》まれて

1999年5月18日　初版発行
2012年1月25日　改版発行
2022年4月30日　改版2刷発行

著　者　今《いま》邑《むら》　彩《あや》

発行者　松田陽三

発行所　中央公論新社
〒100-8152　東京都千代田区大手町1-7-1
電話　販売 03-5299-1730　編集 03-5299-1890
URL https://www.chuko.co.jp/

DTP　嵐下英治
印　刷　大日本印刷（本文）
三晃印刷（カバー）
製　本　大日本印刷

Published by CHUOKORON-SHINSHA, INC.
Printed in Japan　ISBN978-4-12-205575-9 C1193

定価はカバーに表示してあります。落丁本・乱丁本はお手数ですが小社販売部宛お送り下さい。送料小社負担にてお取り替えいたします。

中公文庫既刊より

各書目の下段の数字はISBNコードです。978－4－12が省略してあります。

い-74-5
つきまとわれて　今邑　彩
別れたつもりでも、細い糸が繋がっている。ハイミスの姉が結婚をためらう理由は別れた男からの嫌がらせだった。表題作の他八篇の短篇集。〈解説〉千街晶之
204654-2

い-74-6
ルームメイト　今邑　彩
失踪したルームメイトを追ううち、二重、三重生活を知る春海。彼女は、名前、化粧、嗜好までも変えて暮らしていた。呆然とする春海の前にルームメイトの死体が？
204679-5

い-74-7
そして誰もいなくなる　今邑　彩
名門女子校演劇部によるクリスティー劇の上演中、連続殺人は幕を開けた。台本通りの順序と手段で殺される部員たち。真犯人はどこに？　戦慄の本格ミステリー。
205261-1

い-74-8
少女Aの殺人　今邑　彩
深夜の人気ラジオで読まれた手紙は、ある少女が養父からの性的虐待を訴えたものだった。その直後、三人の該当者のうちひとりの養父が刺殺され……。
205338-0

い-74-9
七人の中にいる　今邑　彩
ペンションオーナーの晶子のもとに、二一年前に起きた医者一家虐殺事件の復讐予告が届く。常連客のなかに殺人者が⁉　家族を守ることはできるのか。
205364-9

い-74-10
i《アイ》　鏡に消えた殺人者　警視庁捜査一課・貴島柊志　今邑　彩
新人作家の殺害現場には、鏡に向かって消える足跡の血痕が。遺された原稿には、「鏡」にまつわる作家自身の恐怖が自伝的小説として書かれていた。傑作本格ミステリー。
205408-0

い-74-11
「裏窓」殺人事件　警視庁捜査一課・貴島柊志　今邑　彩
自殺と見えた墜落死には、「裏窓」からの目撃者が。少女に迫る魔の手……。衝撃の密室トリックに貴島刑事が挑む！　本格推理＋怪奇の傑作シリーズ第二作。
205437-0

い-74-12
「死霊」殺人事件　警視庁捜査一課・貴島柊志
今邑彩
妻の殺害を巧妙にたくらむ男。その計画通りの方法で死体が発見されるが、現場には妻のほか、二人の男の死体があった。不可解な殺人に貴島刑事が挑む。
205463-9

い-74-13
繭の密室　警視庁捜査一課・貴島柊志
今邑彩
マンションでの不可解な転落死を捜査する貴島は、六年前の事件に辿り着く。一方の女子大生誘拐事件の行方は？　傑作本格シリーズ第四作。〈解説〉西上心太
205491-2

い-74-14
卍《まんじ》の殺人
今邑彩
二つの家族が分かれて暮らす異形の館。恋人とともに訪れたこの家で次々に怪死事件が。謎にみちた邸がおこす惨劇は、思いがけない展開をみせる！　著者デビュー作。
205547-6

い-74-16
ブラディ・ローズ
今邑彩
薔薇園を持つ邸の主人と結婚した花梨。彼の二番目の妻は墜落死を遂げたばかりだった——。花嫁に届く脅迫状の差出人は何者なのか？　傑作サスペンス。
205617-6

い-74-17
時鐘《とけい》館の殺人
今邑彩
ミステリーマニアの集まる下宿屋・時鐘館。姿を消した老推理作家が、雪だるまの中から死体となって発見された。犯人は編集者か、それとも？　傑作短篇集。
205639-8

い-74-18
赤いべべ着せよ…
今邑彩
「鬼女伝説」が残る町で、幼い少女が殺され、古井戸から発見された。二十年前に起きた事件と、まったく同じ状況で……。戦慄の長篇サスペンス。
205666-4

い-74-19
鋏《はさみ》の記憶
今邑彩
物に触れると所有者の記憶を感知できる、「サイコメトリー」能力を持った女子高生の桐生紫は、未解決事件の捜査を手助けすることに……。傑作ミステリー連作集。
205697-8

い-74-20
金雀枝《えにしだ》荘の殺人
今邑彩
完全に封印され「密室」となった館で起こった一族六人殺しの犯人は、いったい誰か？　推理合戦が繰り広げられる館ものミステリの傑作、待望の復刊。
205847-7

各書目の下段の数字はISBNコードです。978－4－12が省略してあります。

い-74-21
人影花
今邑 彩
見知らぬ女性からの留守電、真実を告げる椿の花、不穏な野鳥の声……日常が暗転し、足元に死の陥穽が開く。文庫オリジナル短篇集。〈解説〉日下三蔵
206005-0

い-127-3
私はたゆたい、私はしずむ
石川智健
八丈島近海で無人の客船を発見した刑事の薫と赤川。中には海上で遭難した「成功者」たちが。謎に包まれた船中で凄惨な連続殺人が発生する。文庫書き下ろし。
207085-1

え-21-6
マネーの魔術師 ハッカー黒木の告白
榎本憲男
天才ハッカーの黒木は、伝統工芸を研究する柴田澪に「金融資本主義に抗うため」の実験をすると嘯くが――。彼は世界を相手に何を目論むのか？　書き下ろし。
207167-4

か-91-2
カンブリアII 傀儡の章 警視庁「背理犯罪」捜査係
河合莞爾
都知事選の有力候補者が立て続けに事故死した。そこに「能力者」の存在を感じた尾島と閑谷は捜査を進めるが、思わぬ障害が……？　文庫書き下ろし。
207077-6

さ-65-13
世界警察2 輻輳のウルトラマリン
沢村鐵
国会と首相官邸を襲った軍事蜂起の背後に、謎の地下兵器産業が潜んでいた。「説教師」吉岡冬馬は真相を捜し海外へ飛ぶ。書き下ろしシリーズ第二弾。
207110-0

し-43-4
少年は死になさい…美しく
新堂冬樹
警視庁×猟奇殺人者×鬼畜少年――今もまた人体を切り刻み、中学生だった23年前を上回る最高の「芸術作品」を創り上げる。それが人生の到達点だった…。
207096-7

と-26-45
SRO IX ストレートシューター
富樫倫太郎
ついに1stシーズン完結⁉　悪魔的な連続殺人鬼・近藤房子、最後の闘い。怒濤の結末を見逃すな、大人気シリーズ第9弾！　文庫書き下ろし。
207192-6

や-65-3
つみびと
山田詠美
灼熱の夏、彼女はなぜ幼な子二人を置き去りにしたのか。追い詰められた母親、痛ましいネグレクト死。圧巻の筆致で事件の深層を探る、迫真の長編小説。
207117-9